Un Nuevo Comienzo

Novela Cristiana de Romance y Fantasía

Una Novela del Viejo Oeste

Oeste de Texas, 1868.

Por: **Kent Hamilton**

Capítulo Uno: "Un Nuevo Comienzo"

—Oh, papá.

Caminando por el rancho, Eliza luchó contra el dolor y la pena que amenazaban con abrumarla. Se sintió completamente perdida y sola, el sonido de sus pasos hacía eco por toda la casa. Sus dedos se deslizaban a lo largo de la mesa de madera de la cocina, mientras recordaba la forma en que su padre solía sentarse allí cada noche, con sus gafas puestas, leyendo a la luz de una lámpara. Él había sido un hombre bien versado e inteligente, su padre, de lo que era testimonio el próspero rancho que le había dejado.

—Te extraño —susurró—, caminando hacia la sala de estar. La cómoda silla de su papá estaba todavía en el rincón junto al fuego, y el olor familiar de sus cigarros llenaba sus pulmones. Sonriendo, a pesar de que sus ojos se llenaban de lágrimas, Eliza caminó hacia la silla y se sentó en ella, doblando sus piernas por debajo.

Eliza inclinó su cabeza hacia atrás contra el borde de la silla, dejando que las lágrimas brotaran de sus ojos y se posaran sobre la tela. Completamente agotada, tanto por el viaje como por la confusión emocional que se produjo con la muerte de uno de sus padres, dejó que sus ojos se cerraran pensando en todo lo que había pasado.

Después de recibir el primer telegrama que le informaba de la enfermedad de su padre, Eliza había estado ocupada haciendo los preparativos para visitarlo en su ciudad natal del Este de Texas. Justo cuando estaba a punto de irse, había recibido otro telegrama informándole de que él había muerto y le había legado todas sus pertenencias terrenales. Había mirado fijamente el papel en su mano durante mucho tiempo, sin poder creerlo del todo al principio. Desde entonces, había dedicado su tiempo a organizar y preparar el embalaje de todas sus pertenencias, a entregar su nota de aviso a la escuela en la que enseñaba y, finalmente, a comprar un pasaje de tren que la llevara de vuelta a casa. Una vez que ella hubo llegado, se había hecho el velorio, luego el funeral y, finalmente, la lectura del testamento. Solo ella había estado presente, por supuesto, dado que ella era su única familia.

Siempre habían sido sólo ellos dos, hasta que ella se levantó y se fue, persiguiendo sus propios sueños. Su papá amaba la vida en el rancho, pero Eliza no compartía el mismo respeto por ella y, prácticamente, no aprendió nada sobre cómo manejar un rancho. En su cabeza habían estado los sueños de explorar el mundo que la rodeaba, y, con el aliento de su padre, se había ido para encontrar su propio camino en la vida. Su corazón se conmovió al pensar en todos los lugares que había visitado y en cómo había conseguido encontrar un trabajo y su propia casa. Los años habían pasado, con sólo una visita ocasional a su padre, a pesar de que ella lo había extrañado terriblemente. Sin ningún pretendiente a la vista, Eliza se había limitado a aceptar su suerte y seguir adelante, disfrutando de su tiempo enseñando a los niños de su localidad. Había tenido amigos, libertad y risas, pero ahora todo eso había desaparecido. Sus amigos estaban tristes de verla partir, por supuesto, pero Eliza no tenía otra opción. Ella no podía simplemente permitir que el legado de su padre se derrumbara, ¡aunque no sabía nada de la vida en el rancho!

Se enderezó drásticamente, Eliza movió las piernas hacia el suelo y se puso de pie, limpiándose la cara con su manga. —Lo siento mucho, no te oí entrar. — Su cara ardía mientras tímidamente se pasaba una mano por el pelo, alisándose unos pocos mechones sueltos.

Christopher, incómodamente, se giró el sombrero, dándose cuenta de que había sorprendido a una mujer en medio de la agonía del duelo. Aunque era consciente de que no debió interrumpirla sin permiso, necesitaba saber cómo iban a ir las cosas de ahora en adelante. Los obreros del rancho ya estaban murmurando por de toda la agitación que estaba ocurriendo y la incertidumbre de su futuro, que les causaba tanto ansiedad como preocupación.

—Le ruego me disculpe, señora.

—No, en absoluto. —Levantando la barbilla, la mirada de Eliza se posó sobre el hombre en su sala de estar, pero no le llegó ninguna chispa de reconocimiento. —¿Quién es usted, si puedo preguntar?

—Soy Christopher, señora. Soy uno de los gerentes del rancho de su papá. —¿Sí? ¿Y cómo es eso? —Consciente de que su ignorancia ya era evidente,

Eliza apartó a un lado sus sentimientos de incomodidad y siguió adelante.

—Bueno, en pocas palabras, ayudé a su padre a dirigir el rancho. Yo y otro hombre, Dave. Puede conocerlo más tarde.

—Oh —dijo Eliza de nuevo, preguntándose por un momento si él podría ayudarla—. ¿Puede decirme qué es exactamente lo que hacía mi padre aquí?

.

Tratando de evitar que el asombro que sentía se mostrara en su rostro, Christopher se aclaró la garganta. —Su padre comenzó criando ganado, pero estos últimos años también ha criado cerdos y caballos.

Arrugando un poco la nariz al mencionar a los cerdos, Eliza pensó mucho. «Entonces debe tener mucha ayuda.»

—Hay unos veinte hombres aquí, y más durante la temporada de nacimientos.

—Ya veo —contestó Eliza, lentamente. Ahora era responsable del rancho y de los que trabajaban en él, lo que significa que tendría que asegurar un flujo constante de dinero para mantener el rancho rentable. Sus ojos verdes se fijaron en la cara de Christopher, preguntándose qué tan honesta debería ser con él.

—Los hombres acaban de cobrar por el último trimestre, así que no tiene que preocuparse por eso durante unos meses más —continuó Christopher, sin saber que había interrumpido su línea de pensamiento—. Pero para ser honesto con usted, señora, los hombres van a necesitar algunas respuestas.

—¿Respuestas?

—Sí. Los hombres se preguntan qué va a hacer con el rancho, señora.

¿Deberían quedarse aquí, o comenzar a buscar otro lugar para trabajar?

Una luz repentina aclaró la mente de Eliza cuando se dio cuenta de lo que Christopher estaba hablando. —¡Oh, ya veo! Bien, por favor, asegúreles a todos que tengo la intención de dirigir el rancho yo misma, así que no deben preocuparse por su futuro.

Un corto silencio se encontró con sus palabras, y Eliza se sorprendió al ver el ceño fruncido en la cara de Christopher en lugar de la sonrisa aliviada que había esperado.

Christopher no pudo evitar dejar ver su asombro esta vez. ¿Esta mujer iba a dirigir el rancho de su padre cuando no sabía nada de ello? A partir de sus preguntas, ya era evidente que ella no tenía absolutamente ningún conocimiento sobre lo que había que hacer. Además de eso, tenía a Dave con quien lidiar. ¿Cómo iba a reaccionar ante una mujer que dirigía el rancho? —¿Va a dirigir el Racho Martin?

—Soy una Martin —contestó Eliza, estrechando sus ojos un poco—. Estoy segura de que puedo aprender y juntos podemos mantener el rancho funcionando sin problemas.

Con su estómago hundiéndose en sus botas, Christopher le dio una sonrisa apretada a Eliza. —Muy bien, señora. Me aseguraré de decírselo a los demás. — Asintiendo con la cabeza, se dio la vuelta y salió de la habitación, consciente de que sus ojos lo seguían hasta el final.

Capítulo Dos: "Una Mujer Capaz"

Un caballero ligeramente calvo y corpulento extendió su mano y la estrechó con firmeza, aunque Eliza trató de no hacer muecas ante el sudor que salía de la palma de su mano. —Gracias por recibirme.

—¡Por supuesto, por supuesto! —Invitándola a sentarse, Tom Derrick se sentó enfrente, secando su frente con su pañuelo. —¡Hoy hace mucho calor! ¿Puedo traerle un vaso de agua?

Haciendo una pausa por un momento, Eliza lo denegó, pensando que sería mejor para ella que terminara esta reunión lo antes posible. —No, gracias. Me gustaría hablar con usted sobre lo que hacía por mi padre.

—Sí, por supuesto. Le doy mis condolencias, señorita.

—Gracias —murmuró Eliza, con sus ojos muy atentos—. Entonces, ¿qué hacía por mi papá, exactamente?

—Yo era su contador.

—Ya veo —Eliza se detuvo—. ¿Puedo ver las cuentas, por favor?

El Sr. Derrick frunció el ceño, moviéndose en su silla. —¿Las cuentas? —Sí, por favor.
El Sr. Derrick no movió ni un músculo, sus cejas casi se entrelazan. —No estoy seguro de que esto sea apropiado para usted, Srta. Martin.

Eliza trató de no dejar que su fastidio se notara en su cara, sabiendo lo que se avecinaba. —¿Y por qué no, Sr. Derrick? El rancho es mío, junto con todo lo que hay en él. Necesito saber qué está pasando para asegurarme de que el rancho siga creciendo y desarrollándose.

El Sr. Derrick agitó la cabeza. —No tengo intenciones de insultar su inteligencia, Srta. Martin, pero este tipo de cosas es mejor dejarlas para los hombres.

—¿De verdad? —Bajando la voz, Eliza miró fijamente al contador con una mirada severa—. Como sabrá, Sr. Derrick, no tengo marido.

Al aclararse la garganta, el Sr. Derrick asintió con la cabeza, con la cara ligeramente enrojecida. —Sí, estaba al tanto. Sin embargo, uno pensaría que, dada su reciente adquisición, usted podría estar buscando...

—

.

—¿Porque no puedo encargarme de esto yo sola? ¿Porque no soy un hombre? —Eliza no pudo evitar su ira, que se desbordó en su tono—. Le informo, Sr. Derrick, que tengo la intención de dirigir el rancho *sin* marido.

—Yo... bueno, yo...

—Así que, por favor, ¿puede sacar las cuentas de *mi* rancho ahora mismo y hablarme de ellas?

Miró con los ojos entrecerrados cómo el Sr. Derrick balbuceaba durante unos momentos, antes de darse cuenta de que ella no se movería. Moviendo su gran tamaño de la silla, hojeó una gran colección de archivos, murmurando sombríamente para sí mismo, mientras sacaba los archivos necesarios.

—Gracias —dijo Eliza, con calma, mientras se sentaba. Tratando de calmar su furia interna, observó como él abría el primer lote y lo esparcía por la mesa.

Al alejarse de la oficina del contador, Eliza se sintió exaltada y un poco asustada. Las cuentas no habían sido difíciles de entender, y ella se había sentido completamente vilipendiada, la mirada en la cara del Sr. Derrick, un triunfo en sí mismo. Al mismo tiempo, la cantidad de trabajo que era necesario para mantener el rancho funcionando exitosamente era mucho mayor de lo que ella había pensado inicialmente. Había suministros que comprar, cosechas y animales que vender, mercados que atender, trabajadores que contratar; la lista no paraba. ¡No podía imaginarse cómo su padre se las había arreglado por su cuenta! Aunque Eliza admitió que ciertamente necesitaba ayuda y apoyo para asumir este rancho lo mejor que podía, estaba totalmente decidida a no ceder ante la presión social para casarse. ¡Ella no necesitaba un marido que dirigiera el rancho en su lugar, mientras que ella se quedaba en segundo plano y simplemente cocinaba y limpiaba! Eliza quería ocuparse de todo, estar en el corral con los caballos y sentir el aire fresco. No habría decisiones en las que ella no estuviera involucrada, ni cambios que no aprobara. Levantando la barbilla, regresó a la carreta y condujo al caballo hacia el almacén general. Se tomaría una cosa a la vez. Había algunas compras que necesitaba hacer para ella, y luego estudiaría las cuentas con más detalle, una vez que regresara al rancho. Habría una manera de hacer una lista de los suministros que eran necesarios, y luego ella anotaría la frecuencia de las compras. Ese sería un primer paso, al menos, y quizás podría convencer a los rancheros para que la ayudaran. Necesitaban que el rancho funcionara bien para mantener sus trabajos, así que ella estaba segura de que, si pedía su ayuda, alguien estaría dispuesto a darle instrucciones. Quizás ese hombre, Christopher, pensó para sí misma, mientras su hermoso rostro resplandecía en sus pensamientos. Sintiéndose un poco mejor, entró en la tienda con una sonrisa en la cara.

Capítulo Tres: "No Puedo Ayudarte".

Era por la tarde cuando Eliza regresaba al rancho, sus compras se amontonaron en la parte trasera de la carreta. Estaba cansada de su trabajo diario, tanto mentalmente, por sus disputas con el contador, como físicamente por llevar sus compras de la tienda a la carreta. Por supuesto, el tendero había sido más que útil, llevando los artículos más grandes para ella, pero ahora estaba un poco insegura de cómo meterlos en la casa. Además, tuvo que cuidar de su caballo y guardar la carreta, y ya se sentía agotada.

—Disculpen —empezó ella, cautelosamente—. ¿Podría alguien ayudarme?

—No —dijo una aguda réplica, y el peón del rancho se alejó inmediatamente.

Con la boca abierta ante tal grosería, Eliza lo intentó de nuevo, atrapando a otro trabajador por el rabillo del ojo. —Me pregunto si usted podría ayudarme a llevar algunas cosas a la casa —preguntó, acercándose—. Son pesados y yo...

—Ocupado —contestó el hombre, mirándola con indolencia.

—No parece que estés ocupado —dijo ella inmediatamente, al verlo apoyarse en la cerca de madera del corral—. Por favor, sólo te tomará un momento.

—Dije que estoy ocupado —dijo de nuevo el hombre, volteando la cara.

Eliza no sabía qué hacer, sintiéndose avergonzada y enojada. ¿Por qué ninguno de ellos la ayudaría?

—¿Necesita la ayuda de un hombre?

Dándose la vuelta, Eliza se encontró cara a cara con uno de los hombres más altos que había visto en su vida. Tratando de no retroceder, se mantuvo firme y le miró a la cara desafiante. —Sí, parece que sí.

Él sonrió, masticando un palillo de dientes mientras sus oscuros ojos viajaban a lo largo de su cuerpo y volvían a subir. —Así que estará buscando un hombre, entonces.

Eliza resopló, impaciente. —Puedo arreglármelas sola, sólo estoy un poco cansada después de mi día en el pueblo. Me vendría bien que alguien me ayudara con las compras más pesadas. —El hombre no respondió, su sonrisa lentamente se convirtió en una mirada de soslayo.

—¿Vas a ayudarme o no? —preguntó ella, resistiéndose al deseo de dar un pisotón—. ¿Cómo te llamas, por cierto?

—Me llamo David, pero puede llamarme Dave —contestó lentamente, y Eliza estaba segura de que había oído un bufido que venía de algún lugar detrás de ella.

—Bueno, Dave, ¿puedes ayudarme, por favor? —Ella comenzó a caminar de regreso hacia la carreta, pero él no la siguió.

—Si necesita la ayuda de un hombre, me encantaría complacerla —le gritó, y sus palabras la hicieron detenerse abruptamente—. ¿Me vas a invitar a entrar después?

Un escalofrío se extendió en su cuerpo al darse cuenta del significado de esa frase. Se había creído segura en el rancho de su padre, pero al darse cuenta de que era la única mujer que vivía en un rancho lleno de trabajadores varones, hizo que una piedra cayera en la boca de su estómago. —Para que quede claro… —empezó ella, volviéndose hacia él—. Y al resto de ustedes que están escuchando… —dijo, barriendo su mirada alrededor del rancho—. No pretendo casarme sólo porque me han dado el rancho de mi padre. Lo manejaré yo misma y, en alguna ocasión en que necesite ayuda, espero que me la den.

—¿Y eso por qué? —preguntó Dave, mirándola desde debajo de su sombrero.

—Porque eres mi empleado —respondió ella, queriendo abofetearle la sonrisa de la cara. —Preferiría no tener que hacer que ninguno de ustedes se vaya.

Su advertencia cayó en oídos sordos cuando una risa estridente la rodeó.

No dispuesta a esperar un momento más, irrumpió hacia la casa, con sus mejillas ardiendo en rojo.

—¡Será mejor que no toques esa carreta!

Christopher ignoró las palabras de Dave, continuando con el desenganche del caballo. Se había sentido avergonzado por la burla de Eliza, pero no había tenido el valor de decir nada.

—¡Dije que les dejes las compras!

—Me ocupo del caballo, eso es todo —contestó en voz baja—. La bestia ha trabajado duro y tenemos que cuidar de ellos.

—Dudo que ella supiera cómo hacerlo de todos modos —resopló Dave, sacudiendo la cabeza—. Bien, ve al caballo, pero deja lo demás. Que sepa cuál es su lugar.

—¿Qué lugar es ese? —preguntó Christopher, sin saber cómo tratar al hombre.

Dave emitió un grito de risa. —¿No lo sabes? ¡Necesita un hombre! Un marido, para que dirija el rancho por ella. Las mujeres sólo sirven para cocinar o limpiar, o en el dormitorio, si entiendes lo que quiero decir. —Pestañeó pesadamente, pero Christopher no se lo devolvió, con náuseas en el estómago—. Me parece que pronto necesitará uno y yo estaré allí con los brazos abiertos. ¡Eso o la ahuyentaré! Este rancho debería ser mío, con todo el tiempo que llevo trabajando aquí. Así que no te metas o tendré que hablar contigo. —Habiendo hecho la amenaza, Dave se alejó, dejando a Christopher solo para cuidar del caballo.

Cepillando los flancos del caballo, Christopher se preguntó qué hacer. Tanto él como Dave habían sido los gerentes del rancho, pero a Dave le gustaba mandar a la gente. Como Christopher no era de los que se peleaban, se había acostumbrado a dejar que su fallecido jefe lo controlara, pero ahora que se había ido, parecía que Dave tenía la intención de hacer sufrir tanto a la mujer para hacerla vender el rancho, o de hacer que se casara con él para que él fuera copropietario. Ambas posibilidades lo llenaron de repugnancia, pero él tenía muy poca idea de cómo lidiar con Dave. Lo que Eliza no sabía era lo malvado que podía ser Dave. Una vez casi mató a un hombre a golpes por no hacer lo que Dave le pidió. Christopher había intentado convencer al hombre para que hablara con el sheriff o, al menos, con el Sr. Martin, pero se había negado. Poco tiempo después, el hombre había desaparecido. Nadie sabía adónde había ido, pero había algo en la forma en que Dave se pavoneaba por todos lados que le hizo a Christopher pensarlo dos veces. El hombre era peligroso y, si Christopher era honesto consigo mismo, debía admitir que le tenía miedo. Ahora que Eliza estaba aquí, eso cambiaba todo. Christopher sabía que no podía dejar a Eliza a las crueles ministraciones de Dave, por supuesto, pero las maneras violentas de Dave eran un asunto para considerar. Christopher estaba bastante seguro de que Dave estaría más que feliz de golpear a una mujer para conseguir lo que quería. Si Christopher comenzaba a desobedecer las órdenes de Dave, a pesar de ser gerente del rancho, Christopher sabía que el hombre llevaría a cabo su amenaza de "tener una conversación con él" con consecuencias físicas reales. Tendría que tener cuidado.

—Tal vez espere hasta que oscurezca, —se murmuró a sí mismo con una idea formándose en su mente.

Capítulo Cuatro: "Completamente Sola."

Eliza no sabía si estaba enojada o molesta, irrumpiendo en la casa en un revuelo de faldas. Los hombres la habían humillado por completo, y ella no quería más que volver a salir y gritarles a todos que se fueran. Por supuesto, el sentido común le dijo que entonces se quedaría con un rancho que dirigir, sin ayuda de nadie, y sin apenas tener idea de lo que estaba haciendo. Ese era un escenario imposible.

—¿Qué se supone que haga ahora? —Murmuró, secándose los ojos mientras lágrimas calientes empezaban a fluir por sus mejillas. Su profundo dolor por la muerte de su padre la golpeó de nuevo, y la picadura de las burlas de los hombres no hizo más que aumentar su dolor. Sentada pesadamente, puso la cara sobre sus manos y lloró.

Un rato después, Eliza estaba bebiendo otra taza de té, todavía preguntándose qué hacer con sus compras que había dejado en la carreta. Ella no quería salir y enfrentar a los hombres de nuevo, sabiendo las burlas y los susurros que vendrían después. Aunque se consideraba una persona fuerte, el darse cuenta de que estaba completamente sola la había desviado de su rumbo, le había quitado el sentido del equilibrio. Hombres que no conocía la rodeaban, y con el sheriff tan lejos del rancho, no tenía a nadie a quien pedir ayuda en caso de problemas. —Necesito que alguien esté aquí conmigo —murmuró, preguntándose si había alguien en particular que estuviera interesado en venir a vivir con ella allí. No se trataba de alguien en específico, ya que no tendría ninguna obligación como tal. Sólo una compañía. Alguien que viviera en la casa con Eliza, que tal vez ayudase con la cocina y la limpieza, pero nada más. ¿Quizás había una mujer mayor buscando un lugar para vivir? La mayoría de las mujeres más jóvenes se casaban o vivían en casa con sus padres todavía, así que no había mucha esperanza de eso. Decidiendo que iría a la iglesia mañana, Eliza esperaba que el predicador pudiera guiarla en la dirección correcta, tal vez conozciera a alguien dispuesto a vivir en el Rancho Martin con ella.

—Sin embargo, eso no resuelve mi problema ahora mismo —dijo en voz alta, apretando su mano contra su frente. La noche ya estaba llegando y ella tendría que empezar a encender las lámparas muy pronto. Al abrigo de la oscuridad, se sentiría más segura de recoger las mercancías de la carreta. Las cosas pequeñas las podía llevar sin ningún problema, pero las más grandes, como el rollo de tela, la bolsa de harina y el saco de patatas, podrían resultar más difíciles. Mordiendo su labio con los dientes, Eliza no pudo pensar en ninguna solución. Ella sólo tendría que tratar de meterlos en la casa ella misma, sabiendo que los rancheros estarían comiendo o durmiendo en el barracón.

Christopher se las arregló para escaparse de los demás con bastante facilidad, dado que la mayoría de ellos ya estaban en camino a emborracharse. Algunos habían ido a la taberna del pueblo, y el resto estaban en la cabaña, bebiendo. Era viernes por la noche y no había mucho que hacer al día siguiente, así que Christopher no podía culparlos por querer relajarse un poco. De lo que podía prescindir era de los numerosos comentarios sobre la nueva señora de la casa. Sus atrevidos comentarios quemaron sus orejas, su mandíbula apretada y sus manos dobladas en puños mientras era sometido a sus vulgares discusiones.

Afortunadamente, Dave había ido al pueblo y Christopher sabía que no volvería hasta el amanecer. Había mucho tiempo para hacer lo que había que hacer.

Cuando entraba al bar, se detuvo un momento, un repentino pensamiento le vino a la mente. El día que ella llegó, le dejaron un balde de leche en la puerta, sin saber que era ella quien vendría. El cubo había sido dejado vacío fuera de la puerta, pero ella no había pedido más. «*Probablemente porque no somos exactamente acogedores*», pensó con tristeza. No la había visto desde que entró corriendo a la casa, aunque no podía culparla. Dave era un hombre intimidante y cruel, y la oleada de protección que sintió al recordar lo que el hombre le había dicho, lo tomó completamente por sorpresa. Apoyándose en la carreta, pensó en ella por un momento. Sabiendo muy poco de ella, era difícil saber exactamente el tipo de mujer que era, pero parecía ser una mujer fuerte. Encargarse del rancho con poca o ninguna ayuda era algo digno de admiración, aunque dudaba que durara mucho tiempo sin nadie que la ayudara. Trabajar con su papá había sido una bendición, porque el hombre había sido estricto y justo, manteniendo a Dave a raya con una sola palabra. Sin embargo, no se parecía mucho a su padre, pensó, su cara le estaba viniendo a la mente. Su pelo era del mismo tono, pero sus ojos eran de un verde más oscuro que nunca. —Debe estar sola —se murmuró a sí mismo, ignorando la oleada de calor que se apoderó de él mientras pensaba en ella.

Dándose una sacudida, Christopher encendió una de las lámparas, agarró un balde y se dirigió hacia el establo de las vacas. Era tarde y estarían descansando, pero él esperaba que a Bessie no le importara si la ordeñaba. Luego, tomó las compras de Eliza y las puso junto a la puerta. Sólo esperaba que ninguno de los otros lo atrapara.

—¡Oh! —La mano de Eliza voló a su boca mientras abría la puerta, un torrente de lágrimas inundaba sus ojos. Estaba envuelta en ropa de abrigo, con la intención de salir al frío aire de la noche para recoger sus compras de la carreta una a una, pero ahora aquí estaban, tumbadas una al lado de la otra en el porche.

—Oh —volvió a respirar, agachándose para tocar la bolsa de harina como para asegurarse de que no estaba soñando. Mirando a su alrededor, trató de ver si había alguien allí en la oscuridad, pero no podía distinguir nada. Viendo el balde de leche, una lágrima corrió por su mejilla mientras apretaba una mano contra su corazón en gratitud. Se había dado cuenta de que no le quedaba leche esta misma noche, y quienquiera que hubiera sido el que había sacado sus cosas de la carreta debía haber sabido que necesitaría más pronto. Su corazón se apretó, mientras secaba sus lágrimas. Después de una noche de soledad y desesperación, alguien se había preocupado lo suficiente como para mostrarle un poco de amabilidad.

No tardó mucho en llevar todo a la cocina, mirando la variedad de productos que tenía sobre la mesa durante un breve momento. Caminando de regreso a la puerta principal, tomó el balde de leche, con la intención de ponerlo en la despensa.

—Si estás ahí fuera, gracias —dijo en voz baja, sus palabras llevadas por el viento—. Quienquiera que seas, gracias. —Sus ojos trataron de penetrar la noche, pero no vio nada y, con un breve suspiro y una sonrisa en los labios, cerró la puerta con fuerza.

Sólo unos momentos después, Christopher salió del costado de la casa. Al verla feliz, su corazón se llenó de alegría y, con una sonrisa en la cara, regresó a la cabaña.

Capítulo Cinco: "Una Adición Bienvenida".

Christopher estaba seguro de que había visto cómo se movía la cortina mientras los rancheros se preparaban para cabalgar hacia los pastos. Se había ido a la cama con una sonrisa en la cara, sabiendo que ella se quedaría, al menos, unos días. Dave estaba borracho y enojado por la mañana, bajo la impresión de que Eliza se las había arreglado para cargar todas sus compras por su propia fuerza. No es que pudiera hacer algo al respecto ahora, por supuesto. El sábado siempre era el día en que se dirigían a los pastos para asegurarse de que el rebaño estaba bien, revisando los bebederos y tratando con el ganado herido o enfermo. Se iban la mayor parte del día, pasando la noche alrededor de una fogata con botellas de whisky y otros frascos de licor. Christopher nunca se unió demasiado a la fiesta, prefiriendo pasar el tiempo acostado y mirando las estrellas. Los otros hombres a menudo se burlaban de sus tranquilas costumbres, a menudo intentando unirlo a la conversación, pero nunca lo lograban. Christopher siempre había sido un hombre tranquilo, prefiriendo su propia compañía la mayor parte del tiempo. Era confiable y fuerte, por lo que el padre de Eliza había llegado a contar mucho con él, sabiendo que se podía confiar en él sin lugar a dudas. Christopher había querido ser exactamente lo opuesto a Dave, y eso le había otorgado dividendos. El problema ahora era que, mientras él quería ayudar a Eliza de la misma manera, el miedo a Dave, y a su control sobre los otros rancheros, lo hacía casi imposible. Si lo intentaba, lo echarían del pueblo (o algo peor) y entonces, ¿cómo podría ayudar a Eliza? Agitó la cabeza, montando su caballo. Haría lo que pudiera por el momento y vería a dónde conducen las cosas. Echando un último vistazo a las cortinas que aún se agitaban, siguió cabalgando tras los demás. La pregunta en su mente se negaba a dejarlo solo: si las cosas se ponían difíciles, ¿tendría el valor suficiente para hacer lo correcto?

Respirando un suspiro de alivio, Eliza vio a los hombres salir del rancho. El hombre que ella reconoció como Christopher, uno de los gerentes del rancho de su papá, le lanzó una mirada mientras se alejaba como si pudiera ver a través de las cortinas. Al alejarse, puso una mano sobre su pecho, calmando el acelerado latido de su corazón. ¿Era él quien había recogido las cosas por ella anoche? Parecía amable cuando se presentó por primera vez, pero, como Eliza se recordó a sí misma, las apariencias podían engañar.

Retirando las cortinas, dejó pasar la luz del sol, llenándola de calor. Sintió una repentina libertad al saber que estaba sola en el rancho, un alivio que la llenó ya que sabía que no habría risitas, comentarios vulgares o miradas insinuantes si salía. Podía hacer lo que quisiera... hasta que regresaran.

Poco tiempo después, Eliza llegó al pueblo, sonriendo y saludando con la cabeza a los otros habitantes que la saludaron. Había tenido una mañana productiva, convirtiendo parte de la leche en mantequilla, clasificando sus diversos suministros y luego pasando algún tiempo explorando lo que ahora era su rancho. Aunque los cerdos no habían sido su animal favorito, las suaves narices de los potros en el corral lo compensaban con creces. La mayor parte del rebaño estaba en los pastos, pero había algunas vacas y sus terneros todavía en el rancho, lo que significa que pudo conseguir otro balde de leche para ella. Sonriendo, recordó cómo su papá le había enseñado a ordeñar, y cómo aun calentaba su corazón el deleite de su éxito. «*Te extraño, papá*», susurró su corazón, mientras saltaba de su montura.

—¿Pastor?

El pastor miró hacia arriba desde donde estaba sentado, con una sonrisa dispuesta saltando a su cara. Era un caballero un poco mayor, pero con ojos gentiles y una sonrisa amable. El pelo gris y lanoso sobresalía en todos los ángulos, aunque estaba perdiendo volumen ligeramente en la parte superior. Se puso de pie y se limpió la frente con un pañuelo antes de estrecharle la mano.

—¡Buenas tardes! ¿Cómo está usted, Srta. Martin?

Agradeciéndole su preocupación, Eliza le aseguró que ella se encontraba bastante bien. Él, por supuesto, había oficiado el funeral de su papá y Eliza sabía que era genuino en su fe y en el cuidado de los demás. —¿Estaba disfrutando del sol en esta hermosa mañana?

—Sí que lo estaba —dijo, sosteniendo su Biblia—. ¡Nada como leer la Buena Nueva en una tarde soleada!

Eliza sonrió. —Siento interrumpirle, pastor, pero esperaba que conociera a alguien que pudiera ayudarme.

—Por supuesto —contestó al instante—. ¿Para qué necesita ayuda, Srta.
Martin?

—Bueno, como sabe, vivo sola en el rancho. Sin embargo, me he dado cuenta de que soy una mujer soltera que vive en el rancho, rodeada de gente de allí. —Ella vio una luz de entendimiento en sus ojos—. Por lo tanto, por mi propia seguridad, esperaba que conociera a alguien, quizás a una mujer mayor que estuviera buscando un lugar para vivir. O, al menos, ¡estar dispuesta a mudarse!

El pastor asintió lentamente, su mano se frotaba la barbilla mientras pensaba. —Una decisión muy sabia, Srta. Martin, debo decir. Resulta que puede que conozca a alguien.
—¿De verdad? —La esperanza saltó del corazón de Eliza—. ¡Qué maravilloso!
—Sí —continuó, aun pensando mucho. —Una tal Sra. Draper. Su marido falleció hace unos meses y vive sola.

—Lo siento por su pérdida —contestó Eliza, automáticamente—. ¿Cree que se sienta muy sola?

Asintió con la cabeza. —Creo que sí. Siempre estaba muy ocupada. Su marido era el médico de por aquí antes de que muriera, y ella le ayudaba con todo tipo de cosas. Murió de un ataque al corazón, de la nada.

—Qué horror —murmuró, su corazón ablandándose en simpatía por la dama—. Hay muchas cosas que ella podría hacer en el rancho, ¡debería estar interesada! Aunque quizás ordeñar una vaca no le vendría bien.

—Oh, no, le aseguró el pastor. —¡Ella es muy capaz de ese tipo de cosas!
¡Creo que tiene su propia vaca lechera y algunas gallinas!

—Bueno, ella podría traerlos a vivir al rancho, ¡por supuesto! —exclamó Eliza, pensando que esto sería, tal vez, la respuesta a sus oraciones—. ¿Podría conocerla?

—Le llevaré allí ahora mismo —contestó, bajando las escaleras—. ¿Nos vamos?

La Sra. Draper era todo lo que Eliza esperaba. Su pelo canoso estaba recogido con un moño y sus ojos castaños eran amables, pero tenían un toque de tristeza.

—¿Y podría llevarme todas mis pertenencias? —preguntó la señora, observando a Eliza cuidadosamente.

—Por supuesto —contestó Eliza, con firmeza—. El rancho es grande y me encantaría darle todo el espacio que necesite. El pastor mencionó que usted tiene su propia vaca lechera y algunas gallinas, ¿verdad? Serían una adición bienvenida en el rancho también, se lo aseguro.

La Sra. Draper sonrió, pensando que la joven que estaba frente a ella era la respuesta a sus plegarias. Durante tanto tiempo, se había quedado con una soledad creciente, que le atravesaba el corazón. Sin hijos de los que hablar, ella vivía su vida sin sentido ni propósito alguno. Los pocos amigos que tenía aliviaban un poco el dolor, pero las silenciosas tardes y mañanas eran casi más de lo que podía soportar. Ahora, aquí tenía la oportunidad de volver a vivir con compañía y la Sra. Draper aceptó con muchas ganas.

—Entonces, mudaré mis cosas de inmediato —contestó ella, sonriendo—. ¿Quizás pasado mañana?

Eliza aplaudió con deleite. —¡Qué maravilloso! ¡Estoy segura de que nos llevaremos bien!

—Por supuesto que sí, le aseguró la Sra. Draper. —Y debes llamarme Alice,

¡porque seguro que seremos grandes amigas!

Capítulo Seis: "Una Amiga para Eliza"

Christopher se había sorprendido al ver la carreta cargada de pertenencias acercarse a la casa del rancho, y aún más al ver a un muchacho a caballo llevando una vaca lechera por el camino.

Dave también se sorprendió. Deambulando, se metió las manos en los bolsillos y respiró con frustración.

—¿Qué está pasando? —Gruñó de pie junto a Christopher—. ¿Se ha estado comprando más cosas bonitas?

—No lo creo —contestó Christopher, viendo la mecedora. —¡Creo que viene alguien a quedarse!

—¿Viene alguien a quedarse? —Dave miró el carro con los ojos entrecerrados—. ¿Se casó con alguien?

Christopher no dijo nada, una sensación de hundimiento en su estómago al pensar que Eliza se casaría con otra persona. No podía explicar por qué se sentía así, pero una visión de ella en los brazos de otra persona hizo que sus manos se enroscaran en puños. Su atracción por la dama era innegable, pero continuamente la apartaba, sabiendo que nada podía salir de ella. Había estado seguro de que, las últimas mañanas, las cortinas se habían movido en la casa, y se había preguntado si ella lo había estado observando. El pensamiento había traído consigo un puñetazo de deseo, y se había volteado para mirar a la ventana completamente desvergonzado, seguro de que las había visto revolotear en respuesta. Además, había estado trayendo un cubo de leche a la casa en las primeras horas de la mañana, cuando todos los demás estaban dormidos. El cubo siempre estaba allí a la mañana siguiente, limpio y listo para ser rellenado. Nunca se había dado a conocer a ella, pero ahora, al ver la carreta, deseaba haberlo hecho.

—Oh, mira —dijo Dave con su acento sureño y su cara enfadada, sus cejas arrugadas y apretadas—. ¡Fue y se consiguió una amiga! ¡Una vieja, por lo que parece! Gesticulando hacia la carreta, señaló a la mujer mayor que estaba siendo ayudada por el hombre que había estado conduciendo la carreta. El alivio bañó a Christopher, trayendo una ligera sonrisa a su rostro.

—Debe estar sola —murmuró, casi para sí mismo.

—Entonces ella debería haberme pedido el placer de mi compañía —dijo Dave, viendo a Eliza salir de su casa y volar a los brazos de la señora—. ¡Necesita un hombre, no una anciana! Habría estado más que dispuesto a mantenerla caliente por la noche! —Su sonrisa se convirtió en una expresión de mal humor, cuando le dio un codazo a Christopher.

Christopher no dijo nada en respuesta, pensando que Eliza era sensata para conseguir una compañera para vivir en el rancho con ella, especialmente dada la creciente determinación de Dave de tener el lugar para sí mismo.

Dave escupió el suelo a su lado, girando sobre sus talones y acechando hacia el granero. Christopher se quedó unos momentos más, su corazón se agitó ante la brillante sonrisa de Eliza y la forma en que su alegre parloteo se deslizó hacia él en el viento. Esa mujer era hermosa, y si él no tenía cuidado, se encontraría entregándole su corazón en una bandeja.

—Y alguien nos llena un balde de leche cada mañana —terminó Eliza, recogiendo su taza de té.

Alice asintió, sintiéndose como en casa en la gran cocina del rancho. —¡Pues parece que tienes todo listo con tu cocina y tu horno! ¡Estaría encantada de tomar eso por ti, por nosotras, si me permites! ¡Necesitas todo tu tiempo para concentrarte en manejar este lugar!

—Eso sería de gran ayuda —contestó Eliza, consciente de que no había logrado terminar de revisar las cuentas de su papá—. ¡Hay tanto que hacer!

—Pero tienes ayuda, ¿no?

—¿De quién? —preguntó Eliza, un poco impotente—. ¡Los dos gerentes del rancho ni siquiera me hablan!

—¿Qué? —Los ojos de Alice se abrieron de par en par—. ¿Qué quieres decir? Deberían estar ayudándote, mostrándote qué hay que hacer y cuándo. ¡Están aquí para ayudarte, Eliza!

—Bueno, no lo están —contestó Eliza con un movimiento de cabeza—. El hombre que vino y se presentó, Christopher, no dice mucho. ¡Apenas lo he visto desde que llegué! El otro hombre, Dave... —Se calló, suprimiendo un escalofrío.

Alice parecía sorprendida. —¿Le tienes miedo? ¿Por qué?

—Tiene esa mirada en sus ojos que me dice que me aleje de él —dijo Eliza, en voz baja—. Se niega a ayudarme con las cosas más simples, diciéndome que no puedo manejar este lugar sola y que necesito un marido.

La preocupación creció en el corazón de Alice. —¿Piensas que podría estar buscando ese lugar?

—¡Oh! —Los ojos de Eliza se agrandaron mientras miraba a Alice, entendiendo lo que quería decir—. Nunca lo había pensado de esa manera antes.

¡Espero que no!

Alice agitó la cabeza. —Menos mal que he venido —murmuró, llevándose la taza de té a los labios—. ¿Qué hay del otro hombre, Christopher? ¿No es bueno?

—Como dije, no habla mucho. No ha venido aquí desde que se presentó y no me defendió ni me ayudó ni nada—. Su corazón dio un latido mientras pensaba en él, a pesar de su falta de apoyo. Por alguna razón, ella gravitaba de nuevo hacia la ventana del porche cada mañana, sabiendo que él estaría allí, ensillando su caballo. Corría las cortinas lo suficiente para verlo y detallarlo. Su pelo oscuro estaba casi totalmente oculto por su sombrero de vaquero marrón, su camisa ondulando con la brisa. Por la razón que fuera, ella nunca podía apartar sus ojos de él, un lento deseo se desplegaba en su pecho. Siempre la miraba, como si pudiera verla a los ojos a través de las cortinas. La primera vez, ella retrocedió rápidamente con la mano en el pecho, pero la segunda vez, se quedó, observando la forma en que sus oscuros ojos miraban por la ventana. Luego le sonreía a medias e inclinaba el sombrero antes de irse. Él debía, de alguna manera, saber que ella estaba allí, pero ella nunca se atrevió a correr la cortina y sonreír. Lo que sea que sintiera, tenía que permanecer oculto, tal como estaba.

—Tal vez le tenga tanto miedo a Dave como tú —comentó Alice, irrumpiendo en sus pensamientos—. Demasiado asustado como para hacer algo que no le guste a Dave.

—Pero ¿qué podía hacer Dave realmente? —preguntó Eliza—. Yo estoy a cargo, ¿no?

—¿Entonces por qué no has despedido a Dave? —Preguntó Alice, suavemente—. Porque... —Eliza no pudo responder. Pensando bien, sabía que no sentía más que terror cada vez que veía a ese hombre—. Estoy demasiado asustada para hacerlo. Si intentara echarlo, no sé qué haría él.

—Exactamente —dijo Alice, en voz baja—. Incluso si consigues que el sheriff te ayude, no hay forma de saber lo que podría hacer después.

—Tienes razón, —contestó Eliza, con una sensación de hundimiento en su estómago—. Todos los demás rancheros lo siguen. No estoy segura de lo que puedo hacer al respecto.

—Necesitas encontrar a alguien que pueda ayudarte —dijo Alice, después de unos momentos—. No estoy diciendo que necesites casarte, pero necesitas poner de lado a esos rancheros.

—Saben que no puedo dejarlos ir a *todos* —admitió Eliza—. Nunca sería capaz de dirigir el rancho sin ellos.

Alice asintió. —Bueno, juntaremos nuestras cabezas y encontraremos algo, estoy segura. —Hubo unos minutos de silencio mientras la mujer se sentaba en silencio, bebiendo su té.

—¡Espera un momento! —exclamó Alice, colocando su taza con tanta fuerza que el té casi se sale del costado de la taza—. ¿No dijiste que alguien te llena un balde de leche por la mañana?

—Sí.

—Bueno, ¿quién es?

Eliza se encogió de hombros. —No lo sé. ¿Por qué?

—Bueno, quienquiera que sea claramente está preocupado por ti. No puede demostrarlo, por eso lo trae de noche.

La revelación salió a la luz cuando Eliza miró a Alice con los ojos muy abiertos. —¡También trajeron mis cosas de la tienda! Ante la mirada confusa de Alice, Eliza rápidamente esbozó los detalles. —¡Tienes razón! Quienquiera que sea, quiere ayudarme. ¡Le tienen demasiado miedo a Dave!

—Entonces tienes que averiguar quién es —dijo Alice, con una sonrisa en la

—¿Y cómo se supone que debo hacer eso? ¿Quedarme despierta la mitad de la noche, esperando?

Alice se rio. —¡Exactamente! ¡Vas a tener una larga noche, Eliza!

Capítulo Siete: "Un Encuentro en la Oscuridad"

Eliza no pudo evitar un bostezo, cubriéndolo con el dorso de su mano. Se había sentado en la cocina durante lo que parecían horas, recurriendo a tomar una taza de café cada hora, en un intento de mantenerse despierta. El día de hoy había sido increíblemente ajetreado, y Eliza no quería nada más que ir a la cama y quedarse allí hasta que saliera el sol. Pero Alice había hecho una buena observación. Eliza necesitaba aliados, necesitaba a alguien en el rancho que la ayudara y apoyara. Hasta ahora, parecía que el único que encajaba en esa descripción era la misteriosa persona que le daba un balde de leche cada noche. Dentro de la mente de Alice se libraba una batalla entre irse a dormir un poco y descubrir quién era el hombre, a medida que sus párpados caían.

Un rasguño repentino la alertó del hecho de que había alguien en la puerta. Asustada, se puso en pie y prácticamente corrió hacia la puerta. Al abrirla, vio una cara pálida que la miraba antes de que él se levantara y corriera hacia el granero.

—¡Espera! ¡Espera! —Eliza llamó, tan silenciosamente como pudo—. ¡Por favor, vuelve! —Agarrando la vieja lámpara del alféizar de la ventana, salió corriendo hacia la noche, con el aire frío cortándole los oídos. Pensando que él había entrado en el granero, se dirigió hacia él, sosteniendo la lámpara en alto.

Christopher maldijo en voz baja mientras veía a Eliza acercarse. No había ninguna razón para que corriera, pero el miedo de lo que Dave podría hacer si escuchaba voces y venía a investigar lo había llevado al pánico. Lo que no esperaba era que ella lo siguiera. Sus susurros eran lo suficientemente fuertes como para ser escuchados, y ella se dirigía hacia él sin parar. Parecía que no se iba a rendir.

—¿Hola? ¿Hola? —Susurró Eliza, tan fuerte como se atrevió—. ¡Por favor, no te escondas de mí! Quiero saber quién eres...

Sus palabras fueron cortadas cuando de repente fue empujada contra un cuerpo fuerte y delgado y contra la parte de atrás del granero. Una mano cubrió su boca, sofocando su grito.

—Quédate callada. —Christopher no la miró, sus ojos miraban a través del pequeño hueco en la pared del granero. Se acercaban pasos.

La sorpresa de ser arrojada contra la pared le había quitado el aliento a Eliza, pero ahora empezó a oír algo que hacía que los pelos de su cuello se le erizaran. Alguien estaba viniendo. Y ahora, entendiendo por qué se encontraba escondida en las sombras, se relajó completamente, esperando que él se diera cuenta y le quitara la mano de la boca. Afortunadamente, lo hizo casi de inmediato, apretando un dedo en sus labios. Ella asintió, levantando cuidadosamente la lámpara de aceite y apagando la luz. Ahora completamente envuelta en sombra, permaneció apretada contra él, con su corazón martilleando en su pecho. «*Es Dave*», se dijo Christopher, viendo su cara amargada a la luz de la luna.

Obviamente, había salido a beber y, aunque se las arreglaba para mantenerse erguido, estaba tambaleándose un poco mientras caminaba. Dios sabe dónde había estado, pero el peligro era que los atraparía a ambos. Entonces, se desataría un infierno. Dave insistiría en hacer la vida de Christopher tan miserable, y probablemente dolorosa, que no tendría más remedio que irse, y entonces, ¿cómo dejaría eso a Eliza? A su merced, por supuesto. Afortunadamente, Eliza parecía haber comprendido sus advertencias tácitas, su respiración se aceleraba mientras esperaba. Su cuerpo estaba tratando de gritarle que ella estaba cerca, pero su mente estaba concentrada, con la intención de garantizar su seguridad.

Dave deambuló por el sendero de regreso hacia el barracón, tomándose su tiempo mientras murmuraba para sí mismo. Aguantando la respiración, Christopher lo instó mentalmente a que siguiera adelante, observándolo llegar a la puerta. No fue hasta que lo vio adentro, que dejó escapar un largo aliento de alivio, mirando a la mujer en sus brazos. —¿Qué creías que estabas haciendo? —Respiró, con un rastro de ira en su voz—. ¿No sabes lo peligroso que es ese hombre?

Eliza se mojó los labios, las sensaciones la inundaron mientras miraba sus ojos. Apenas podía ver sus rasgos, la grieta en la pared dejaba pasar un poco la luz de la luna. —Lo siento —susurró ella, honestamente—. Quería ver quién era el que estaba siendo tan amable conmigo. —Cuidadosamente, ella levantó la mano y encontró su cara mientras su mano trazaba sus rasgos. Ella escuchó su respiración y su falta de resistencia la instó a seguir adelante—. ¿Quién eres tú?

Sus dedos buscando en su piel le hicieron recuperar el aliento. Levantando sus manos para detenerla, las dejó caer mientras sus manos se deslizaban entre su cabello. —Es Christopher —respiró, cerrando los ojos por un momento—. ¡Será mejor que vuelvas a la casa y dejes las cosas como están! —Se volteó para alejarse, pero Eliza cogió su brazo, tirando de él hacia ella.

—¡Por favor, no te vayas! —exclamó ella, bajando la voz inmediatamente mientras él se retiraba—. Tengo que tener amigos aquí, tengo que saber quién estará conmigo. Quiero dirigir bien este rancho y tal como están las cosas en este momento, no puedo hacerlo.

—Eso es porque Dave dirige el rancho —contestó Christopher, en voz baja—. Puede que te pertenezca, Eliza, pero él lo dirige. Así son las cosas.

Ella le miró fijamente, mientras la perturbación se extendía en su cuerpo. —¿Le tienes miedo?

—No, no tengo miedo. —Sabiendo muy bien que se trataba de una mentira audaz, Christopher se encogió por dentro, pero reafirmó su determinación—. Todos los hombres y quiero decir *todos los* hombres, hacen lo que él dice. Si él dice que no te ayuden, ¡entonces ellos no te ayudarán!

—Entonces, ¿tú también haces lo que él dice? —preguntó ella.

—¡No!

—¿Entonces por qué me traes leche por la noche? —Su voz se hacía cada vez más fuerte, más acusadora—. ¿Por qué trajiste mis cosas cuando no había nadie cerca? ¿Por qué no pudiste hacerlo delante de todos? ¿No eres tan gerente del rancho como Dave?

Christopher abrió la boca, queriendo responder que *era* tan gerente de rancho como Dave, que no hacía exactamente lo que Dave quería, pero las mentiras se le venían a la boca con demasiada facilidad. Cerrando la boca, sacudió la cabeza en la oscuridad, dejando salir un aliento entre los dientes apretados. —No sabes lo que se siente, Eliza.

Poniendo una mano en su brazo, ella se acercó un poco más. —Entonces

Capítulo Ocho: "¡Ayúdame!"

—No puedo —susurró, poniendo su mano sobre la de ella—. Sólo necesitas saber que es peligroso, Eliza.

—Entonces, ¿qué se supone que debo hacer? —exclamó ella, levantando su cara frente la de él—. Este rancho es mío, ¿no? ¡Pero parece que nadie aquí me ayudará!

«*Quiero ayudarte*», pensó Christopher, sin encontrar nada que decir.

Ella dejó caer su mano, soltando su brazo. Retrocediendo, se hundió contra el granero. La desesperación la atravesó, ya que el único hombre que podía ayudarla estaba parado frente a ella, diciéndole que no lo haría. Que no podía. Si este hombre, Christopher, alto y fuerte, no podía hacer frente a Dave, entonces,

¿qué esperanza tenía? Cubriéndose la cara con las manos, intentó contener el torrente de lágrimas que amenazaba con brotar de sus ojos, pero la marea era demasiado fuerte. Sollozos sacudieron su cuerpo. Su futuro era completamente incierto. Al principio, ella había estado completamente decidida a mantener el rancho rentable y exitoso, pero ahora la única opción disponible para ella era simplemente ceder. Vender el rancho y seguir adelante con su vida. Tendría que mudarse y encontrar otro trabajo enseñando en alguna parte, dejando todo lo que le recordaba a su papá. Estaría tan decepcionado.

Unos brazos fuertes la alejaron de la pared, acomodando su cabeza en un hombro ancho, a lo que Eliza cedió inmediatamente. Necesitaba consuelo, aunque fuera del hombre que la estaba defraudando por su falta de coraje y fortaleza. —No lo entiendo —sollozó sobre su camisa—. ¿Por qué no puedes ayudarme? ¡Voy a perderlo todo!

Christopher echó la cabeza hacia atrás y gimió en voz alta. Esto no podía estar pasando. Quería más que nada ayudar a Eliza, pero el miedo a las represalias de Dave era más fuerte que su resolución de ayudar. —No puedo ponerte en peligro.

—¿Así que prefieres que me vaya del rancho? ¿Vendérselo a Dave? —Preguntó ella, levantando la cabeza y mirándole directamente a los ojos. La luz de la luna captó sus rasgos, y Christopher pudo ver que sus ojos brillaban con lágrimas. La idea de que se fuera, de que no pudiera volver a verla, lo golpeó entre los ojos.

—No quiero que te vayas, Eliza.

—¡Entonces

ayúdame!

Un frustrado gruñido pasó por sus labios. —¡No sé cómo hacerlo!

—Entonces, vamos a juntar nuestras cabezas y planear algo.

—¿Cuándo?

—Esta noche, mañana por la noche, la noche siguiente, ¡cuando sea! Necesito que me ayudes, Christopher. ¡Por favor! Eres mi única esperanza para salvar este rancho. —Mientras se aferraba a él, desesperada en su voz, pudo ver la forma en que él empezó a ablandarse, tanto como él no quería.

—Muy bien —dijo en voz baja, tras unos instantes—. Podemos hablar, pero eso es todo lo que te prometo en este momento. Nada más. —Ella se relajó completamente en sus brazos con lágrimas frescas cayendo por su cara mientras intentaba sonreír.

—Gracias, Christopher. No sabes cuánto significa esto para mí. No pudo evitar tocarle la mejilla y limpiar sus lágrimas saladas. La forma en que ella lo miraba hizo que la tensa atmósfera se rompiera repentinamente, reemplazada por una mayor conciencia de su creciente atracción por la dama.

Ella lo necesitaba, pero Christopher empezaba a preguntarse si él también la necesitaba. La idea de despedirla del rancho para siempre le causó un dolor casi físico. Ella le estaba pidiendo ayuda y, no importaba lo asustado que estuviera de lo que Dave pudiera hacer, él lo iba a hacer. Iba a ayudarla. Tenía que hacerlo.

—Eliza, yo... te ayudaré —susurró—. Lo juro. Lo haré. —La vergüenza lo llenó al reconocer su completa falta de coraje—. Tienes razón en que no he tenido el valor de enfrentarme a Dave. Quiero cambiar eso.

Sus palabras hacían girar su corazón de deleite, con sus dedos acariciando suavemente su mejilla. La luz de la luna proyectó sombras sobre sus rasgos, pero ella podía ver que estaba siendo honesto con ella. Sus ojos se dirigieron a su boca mientras él trazaba sus propios labios con un suave dedo. Era como si la estuviera explorando tímidamente, buscando su reacción a su contacto. Eliza no podía pensar, no podía hablar, con los ojos cerrados. Inclinando un poco la barbilla hacia arriba, ella hizo entender su invitación y, sin dudar más que un segundo, él aceptó, presionando sus labios contra los de ella con el más suave de los toques. El fuego conoció a la llama, con sus besos calientes y dulces.

Fue Christopher quien se alejó primero. —No debería estar haciendo esto —susurró, apartándole unos pocos mechones de su cara—. Aquí no. No de esta manera.

Eliza sonrió en la oscuridad, con sus manos levantadas para sostener ambos lados de su cara. —No es como si te lo estuviera impidiendo, Christopher.

Dejando escapar un respiro, Christopher bajó la cabeza y la besó de nuevo.

El beso expresaba tanto de anhelo como de desesperación, como que si la besaba lo suficientemente fuerte, entonces Dave no podría interponerse entre ellos.

Eliza suspiró contra su boca mientras él se alejaba por segunda vez, envolviendo sus brazos alrededor de su cuello y apoyando la cabeza de ella en su hombro. Su aliento hacía cosquillas en su piel, enviando escalofríos a su columna vertebral. —Supongo que debería volver a entrar —murmuró, bastante consciente de que Alice estaba, muy probablemente, despierta y esperándola—. Vendrás a la casa mañana, ¿verdad?

—Lo haré.

—Alice estará allí.

Se echó hacia atrás para mirarla a la cara. —¿Es esa la mujer que vi hoy?

Ella asintió. —Ella vive conmigo ahora. Como una compañera. Es bueno tener compañía, ¿sabes?

—Y eso te hace estar un poco más segura —refunfuñó, tirando de ella hacia sus brazos—. Eres una mujer valiente, Eliza. Me avergüenzo ante ti.

El silencio se encontró con sus palabras, mientras la vergüenza inundaba todo su ser. Ella era la fuerte cuando él estaba luchando con la idea de enfrentar a Dave. —Encontraremos una manera de que se vaya, te lo prometo —murmuró.

—Gracias —contestó Eliza, sin querer dejar la seguridad de sus brazos, pero sabiendo que tenía que hacerlo—. Te veré mañana, Christopher.

—Mañana, Eliza —contestó en voz baja, mirándola marcharse. La mantuvo vigilada todo el tiempo que pudo, hasta que la oscuridad se la tragó.

Ninguno de ellos vio a Dave parado en las sombras con sus ojos siguiendo primero a Eliza y luego a Christopher. Poniendo una mueca de enojo, escupió en la tierra con los ojos entrecerrados de ira. Algo había que hacer.

Capítulo Nueve: "Una Amenaza Real"

Eliza caminó de regreso de la ventana, con una sonrisa en la cara. Christopher había estado allí como de costumbre. Ella levantó un poco la cortina para ver cómo él se iba. Se quitó el sombrero, sonrió y se fue a los pastos. Había sido igual que cualquier otro día que había pasado, pero ahora había algo diferente en sus ojos. Algo más profundo. Después de sus ardientes besos en el granero anoche, Eliza sabía que ya no podía ocultar su atracción por el hombre. Era a la vez guapo y fuerte, y aunque ciertamente le faltaba coraje cuando se trataba de Dave, ella podía entender sus temores. Dave era un hombre con el que no se podía jugar. «*Al menos…*», pensó para sí misma mientras preparaba el desayuno, «*Christopher está dispuesto a ayudarme ahora. ¡Eso va a requerir un poco de fortaleza!*»

—¿Cómo te fue, querida?

Sonriéndole a Alice, Eliza le sirvió unos panqueques. —¡Muy bien! Ha aceptado intentar ayudarme… Digo, a nosotras.

—¡Maravilloso! —exclamó Alice, aplaudiendo—. ¿Te costó mucho convencerlo?

—Bueno, puede que haya llorado un poco —contestó Eliza, maliciosamente—. ¡Pero no tardé mucho en convencerlo!

Alice la inmovilizó con una mirada. —Estuviste fuera mucho tiempo.

«*¡Sabía que estaba despierta!*» —Sí, tuve que seguirlo hasta el granero. ¡Se escapó la primera vez!

—¿Huyó? ¿Por qué?

—Le tiene miedo a Dave, el otro gerente del rancho, y por una buena razón, aunque no dijo exactamente por qué.

—Probablemente es demasiado para tus delicadas orejas —interrumpió Alice, pinchando un trozo de panqueque—. No querría sorprenderte.

Eliza se encogió de hombros. —Tal vez. De todos modos, dice que tenemos que ser muy cuidadosos con Dave. Quiere el rancho para él solo.

—¡Oh, Dios mío! —Alice dio un grito ahogado inmediatamente—. ¿Así que quiere que te cases con él o se lo vendas?

—Precisamente —asintió Eliza, sentada enfrente con su plato de comida—. A pesar de todo, Christopher vendrá aquí esta noche. Tenemos que hacer un plan.

—¿Un plan para deshacerse de Dave?

—¡Sí, de alguna manera! Los obreros o le temen demasiado o lo ven como un aliado. No puedo despedir a ninguno de ellos porque no me escuchan y saben que no puedo dirigir el rancho sin ellos.

Alice masticó su panqueque lentamente, pensando mucho. —Entonces parece que este Christopher podría ser tu única esperanza, —dijo, después de un momento—. ¡En qué situación tan difícil te encuentras, Eliza!

Eliza suspiró con el cansancio grabando su cara. —Debo confesar que no esperaba que fuera tan difícil!

Estudiando a Eliza por un momento, Alice vio las señales de cansancio en su cara, las sombras bajo sus ojos. —¡Tienes que ir a la cama y descansar entonces, querida!

—¿Volver a la cama? —exclamó Eliza, asombrada—. ¿Por qué haría algo así?

—Porque estás cansada y porque estarás despierta hasta tarde esta noche
cuando nos encontremos con Christopher. Además, por eso estoy aquí, ¿no? ¡Para ayudarte!

Un ligero fruncimiento de ceño apareció en la frente de Eliza. —Sin embargo, hay cosas que hacer. ¡Necesito escribir una lista de lo que necesitamos y revisar todo en la despensa!

—Yo haré eso —le aseguró Alice—. ¡Termina tu desayuno y luego vete a la cama!

Al descubrir que no tenía la capacidad de negarse, Eliza le lanzó a Alice una mirada agradecida, contenta de que ambas se llevaban tan bien. Alice ya estaba demostrando su valía, tanto en sus consejos como en sus cuidados, ¡y sólo había estado en el rancho menos de un día!

Dave entró en el granero, asegurándose de que Christopher estaba solo.

—¿Cómo está la chica de la casa?

—¿Cómo voy a saberlo?

La respuesta fue inmediata, cuando Dave le dio un puñetazo a Christopher en el hombro. —¡No me mientas!

—¿Qué diablos te pasa? —exclamó Christopher, alejándose de Dave.

Dave sonrió con los ojos entrecerrados. —Te vi anoche con la Srta. Martin.

—¿Qué? —Christopher mantuvo su indiferencia a pesar de que sintió que la sangre se le drenaba de la cara—. ¿De qué estás hablando, Dave?

En respuesta, Dave sacó de su bolsillo un cuchillo de aspecto peligroso y comenzó a limpiarlo, muy lentamente, con un trozo de tela de su cinturón. —Te dije que no me mintieras, Christopher.

—No lo hago. —Ignorando la avalancha de miedo que sentía al ver el cuchillo de Dave, Christopher eligió la táctica de pretender estar completamente confundido. Sea lo que sea que eligiera, era peligroso de todas formas.

Dave sacudió la cabeza. —Esa no es la respuesta que esperaba, Christopher.

—Bueno, es la respuesta que recibes —respondió, tratando de reforzar su coraje. Eliza necesitaba que se enfrentara a Dave, y este iba a ser su primer paso—. No sé de qué estás hablando, Dave. Además, ¿no estuviste bebiendo en el pueblo anoche? ¿Cómo puedes estar seguro de lo que viste? —Captó el parpadeo de inquietud en los ojos de Dave—. Todo el mundo sabe lo pesado que eres al beber, Dave.

Dave sacudió la cabeza. —¡No intentes confundirme, Christopher! Te lo advierto ahora, ¡aléjate de esa mujer!

—¿O qué? —Christopher lo desafió, con las cejas arrugadas—. Si la tocas, iré con el sheriff y veremos qué tiene que decir sobre ello.

Una mirada de asombro bañó la cara de Dave. Nadie lo había desafiado, no por mucho tiempo, y no estaba muy seguro de cómo reaccionar. La amenaza del sheriff era real, dado que no había logrado sobornarlo para que hiciera lo que quería. Pero sería la palabra de Christopher contra la suya. —Estás tratando de enfrentarte a mí, ¿verdad? Entonces escúchame bien. Si te acercas al sheriff, quemaré este lugar. Lo quemaré hasta los cimientos. No le quedará nada a Eliza y será todo culpa tuya.

—No te atreverías —contestó Christopher con la voz ronca.

—¿No me atrevería? —Contestó Dave, acercándose a Christopher. Batiendo el cuchillo hacia la garganta de Christopher, lo apoyó contra su piel desnuda—. No me subestimes, Christopher. Si no puedo tener este rancho, o esa mujer, para mí, entonces nadie lo tendrá. Deja las cosas como están y déjame ganarme a esa mujer, y todo saldrá bien. Presionó el cuchillo un poco más fuerte contra su piel. —Que esta sea tu última advertencia.

Capítulo Diez: "Un Ataque Inesperado"

Eliza tarareó para sí misma mientras regresaba a la casa. El día era hermoso, con un sol abrasador, y no pudo evitar dar un pequeño paseo por el rancho. Los hombres se habían ido juntos a algún lugar más temprano esa mañana y no habían regresado desde entonces, aunque ella le había prometido a Alice que regresaría apenas escuchara que ya estaban de regreso.

—Buen día, señorita.

Saltando de miedo, Eliza se tambaleó un momento, antes de encontrar el equilibrio. Era Dave. Saliendo de entre las sombras, caminó lentamente hacia ella con una mirada que la aterrorizaba.

—Dije buen día.

—Discúlpeme —exclamó Eliza, sin querer más que levantarse las faldas y correr hacia adentro—. Sólo salí a dar un breve paseo.

—Ya veo —contestó Dave, acercándose cada vez más—. Es un buen día para dar un paseo. ¿Puedo unirme a usted?

—Ya casi entro —respondió Eliza, rápidamente—. Si me disculpa.

—Nos estamos quedando sin algunas cosas —dijo Dave, deteniéndola—. Espero que haya ordenado más suministros. ¡Nos quedaremos sin nada al final de la semana!

Un frío helado la atravesó. —¿Qué clase de cosas?

—¿No lo sabe? —La inmovilizó con una mirada, antes de sacudir la cabeza—. Hacerse cargo de este lugar es bastante trabajo. Puede que necesite ayuda con ello muy pronto.

—Estoy segura de que puedo arreglármelas sola —contestó Eliza, con firmeza—. Si no le importa decirme qué es lo que necesitamos.

—Su papá siempre estaba al tanto de estas cosas —murmuró, negándose a darle una respuesta directa—. Lástima, de verdad. No querrá que este lugar se hunda.

Recordando cómo le había rogado a Christopher que mostrara algo de coraje, Eliza trató de mantenerse firme levantando la barbilla y mirándole

directamente a los ojos. —Me aseguraré de averiguar qué es lo que necesitamos y se lo daré pronto —dijo ella, con un destello de acero en sus ojos—. Buen día.

—Verá, yo creo que *sí* necesita un hombre —dijo, poniéndose delante de ella y parándola en su camino—. Y creo que yo podría ser ese hombre para usted.

Temblando, Eliza sacudió la cabeza. —No lo necesito y tampoco quiero su opinión. Le sugiero que se aparte de mi camino y siga con su trabajo. —Intentando apartarlo, Eliza sintió más miedo al ver que se negó a apartarse de su camino—. ¡*Por favor*! —exclamó, sin saber qué hacer—. Déjeme en paz.

Christopher salió del granero en el mismo momento en que Dave le agarró las muñecas a Eliza, sujetándola con fuerza. Con gran horror, vio como inclinaba la cabeza, tratando de besarla mientras Eliza se inclinaba lo más lejos posible de él y un grito escapaba de su boca.

No dudó por un momento, mientras escuchaba a Alice empezar a gritar desde la puerta principal de la casa. Sus palabras se mezclaron con las de ella. —¡Déjala en paz! ¡Aléjate de ella!

Dave sonrió, acercando a Eliza. —¿Por qué? ¿La quieres?

Una furia ardiente corrió a través de él. —¡No la toques! —Dave no escuchó, no se detuvo, a pesar de las protestas de Eliza. Era demasiado fuerte para ella, forzándola a presionar su cuerpo contra el suyo.

Corriendo hacia él, Christopher se abalanzó sobre Dave, tirando a Dave y a Eliza al suelo. Un ardor y dolor caliente le quemó el hombro, pero no se detuvo y pateó el cuchillo para alejarlo de la mano de Dave.

Dave, finalmente dejando libre a Eliza, lanzó golpe tras golpe mientras sus ojos se oscurecieron de rabia. Eliza cayó en los brazos de Alice, mientras Christopher continuaba defendiéndose de los ataques de Dave. Algo le caía por el brazo mientras el dolor nublaba su mente, pero siguió luchando. El puño de Dave se conectó con la boca de Christopher, lo que lo hizo escupir sangre. Podía oír los gritos de Eliza, pero se volvieron más silenciosos, casi desapareciendo en la distancia. Sacudiendo la cabeza, trató de aclarar su visión, mientras que primero las estrellas y luego la oscuridad comenzaron a ceder. Luego, todo se oscureció.

Eliza se zafó de los brazos de Alice que la contenían, mientras Dave se desplomaba en el suelo. La sangre manchaba el suelo a sus pies, la arena se tiñó de un horrible tono rojo. Dave le echó una mirada, silbando para sí mismo mientras cogía su cuchillo.
—Será mejor que te mantengas alejada.

—Aléjate de él —gritó ella, de pie junto a Christopher—. ¡Has dejado claro tu punto de vista, ya déjalo en paz!

Sonrió. —¡Ves, así no es como funciona! Tengo que dar un ejemplo con él. Mostrar lo que le pasa a un hombre cuando no reconoce mi autoridad.
—*Mi* autoridad —gritó Eliza, negándose a retroceder—. Este rancho es mío. Usted es *mi* empleado y, a partir de este momento, su empleo está terminado.

Él ladeó la cabeza. —¿Conque sí?

—Así es —contestó ella, levantando su barbilla de manera desafiante—. Ella *no* dejaría que este hombre la acobardara, ¡no cuando la vida de Christopher dependía de ella! Para su gran alivio, Alice se paró a su lado, aunque Eliza pudo sentir que temblaba. —Váyase de mi tierra. Ya no trabaja para el Rancho Martin.

—¿Se da cuenta de que adonde yo vaya, los hombres me seguirán? —continuó perezosamente—. ¿Qué tal si se toma un tiempo para pensar en lo que está haciendo? ¡No quiero que tome decisiones precipitadas! —Al batir el cuchillo de un lado a otro, Eliza no podía quitar los ojos del lugar donde se reflejaba el sol. Esto era una amenaza.

—Salga de mi tierra —repitió ella con la voz helada—. O haré que el sheriff y sus hombres lo echen a la fuerza.

Para su sorpresa, Dave empezó a reírse. —Lo que usted diga, señorita, —se rio, alejándose de donde estaban parados y dirigiéndose hacia el granero.

—No te está tomando en serio —comentó Alice, su voz temblando—. ¿Qué vamos a hacer, Eliza?

—No vamos a entrar en pánico —contestó ella, enérgicamente—. Lo primero es lo primero. Tenemos que llevar a Christopher dentro y ocuparnos de él. Luego podemos preocuparnos por Dave. —Al tragarse su propio miedo y conmoción por lo que había experimentado, Eliza se propuso ayudar a Christopher. Tendría tiempo para ocuparse de sus propias emociones más tarde.

Capítulo Once: "Lo Arreglaremos Enseguida"

La herida en el hombro de Christopher era profunda y, según la estimación de Alice, casi lo había atravesado. Eliza se había tragado su propia ola de náuseas al ver la herida desgarrada, pero Alice se había dado cuenta de eso de inmediato, enviándola a hervir un poco de agua mejor. Alice estaba en su elemento, y sabía exactamente qué hacer para ayudar a Christopher a recuperarse. Los golpes en la cara ya estaban empezando a hacer moretones y Alice había murmurado algo sobre cómo bajar la hinchazón. Después de haberle limpiado la mayor cantidad de sangre posible del hombro y del brazo, Alice la había enviado a buscar una aguja e hilo. —¡Y whisky!, —había exclamado. Christopher estaba tendido en el suelo de la cocina, sobre los restos de su camisa. Era una escena muy extraña, ver a un hombre que era evidentemente tan fuerte acostado, inmóvil, en el suelo. Él la protegió, y Eliza sintió cómo su corazón se rompía por lo que había hecho. —Yo le hice esto.

—Tonterías —dijo rápidamente Alice, quitándole el whisky—. *Dave* le hizo esto a él y a ti. ¡Gracias a Dios que Christopher estaba por aquí en ese momento! Dios sabe lo que podría haber pasado sino.

Apenas reprimiendo un escalofrío, Eliza no hizo nada más que ver la siguiente parte del proceso. Alice derramó abundantemente whisky en la herida, mirando la cara de Christopher mientras lo hacía. —Se está despertando —murmuró ella, extendiendo su mano hacia la aguja y el hilo—. Mejor que terminemos con esto ahora. —Luego procedió a coser al hombre sin siquiera pestañear, mientras que Eliza hacía todo lo posible para no mirar demasiado de cerca.

—¿Cómo sabes qué hacer? —preguntó, recogiendo trapos ensangrentados de todos lados.

—Olvidas, querida, que mi difunto marido era médico —comentó, mientras cerraba el último punto.

—¿Le ayudabas muy a menudo?

—Sí, cuando me necesitaba —contestó ella mientras su cara cobraba vida con recuerdos—. Aprendí mucho de él.

—Estoy segura de eso —comentó Eliza en voz baja, lanzando los trapos ensangrentados al fuego—. ¿Qué más podemos hacer para ayudar a Christopher?

Alice sacudió la cabeza. —No hay mucho que podamos hacer ahora. Lo más seguro es vendarle la herida y luego esperar a que se despierte. Necesitará una camisa nueva, por supuesto. Posiblemente tenga una guardada de las de mi marido. Nunca podía deshacerme de ellas, ¡pero esta podría ser la razón por la que las conservé! Aquí, toma —le entregó a Eliza una compresa fría, y ella la acercó a su maltrecha cara—. Presiona eso en su ojo izquierdo. ¡Puede que el pobre no pueda ver por ese ojo durante un par de días!

—Se ve tan horrible —susurró Eliza, haciendo lo que le había ordenado—. ¡No puedo creer que Dave le haya hecho algo así!

Alice sacudió la cabeza, arrancando una tira de la camisa de Christopher y envolviéndola alrededor de sus puntos de sutura. —Lo que Dave te estaba haciendo era imperdonable —dijo en voz baja—. Será mejor que te pongas en contacto con el sheriff, Eliza.

—Lo haré —contestó Eliza de inmediato—. Si él no se va mañana por la mañana, entonces lo haré yo. —La terquedad en ella le dijo que no necesitaba la ayuda de un hombre para deshacerse de Dave, sino que podía hacerlo por su propia fuerza de voluntad.

Alice le dio una mirada de advertencia. —No te acerques a ese hombre otra vez, ¿me oyes? Es peligroso.

—Ella tiene razón.

Eliza voló al lado de Christopher, arrodillándose en el suelo a su lado.

—¡Estás despierto!

—¿Qué pasó? —Cada palabra era un esfuerzo, su cara se contorsionaba por el dolor mientras intentaba sentarse.

—Te apuñalaron en el hombro —dijo Eliza suavemente, poniendo un brazo suavemente alrededor de sus hombros y ayudándolo a sentarse—. ¡Y luego Dave te dio una buena paliza!

Christopher cerró los ojos a medida que su mundo comenzó a temblar. El dolor le rebotaba por el hombro hasta el brazo y sentía como si le doliera por todas partes. El recuerdo de lo que Dave le había hecho a Eliza lo golpeó con toda su fuerza y él se volvió hacia ella de inmediato. —¿Te ha hecho daño? ¿Estás bien?

—Estoy bien —le aseguró ella, con ojos llenos de preocupación—. ¡Tú eres el que recibió la paliza!

—No podía dejar que te tratara así —contestó, cerrando los ojos mientras se apoyaba en la pared—. Siento no haber podido hacer más.

—Hiciste más que suficiente —dijo Eliza, tomando su mano—. Gracias por salvarme. Ella observó como él se dormía lentamente, las líneas de dolor en su cara se evaporaban mientras él caía en un sueño profundo.

—Vamos a recostarlo —dijo Alice, en voz baja—. Su cuerpo necesita descansar para recuperarse de sus heridas.

Eliza no pudo evitar dejar que sus manos se detuvieran mientras lo recostaban cuidadosamente, descansando su cabeza sobre la almohada que habían traído del dormitorio.

—Traeré una manta —dijo Alice, poniéndose de pie y saliendo de la habitación.

Eliza no levantó los ojos del cuerpo recostado de Christopher. Era hermoso, a pesar de su cara maltratada. Lo que él había hecho por ella lo había marcado en su corazón para siempre. Tomando su mano, la apretó suavemente, finalmente dejando que el susto de lo que Dave había hecho inundara su cuerpo. Su tacto había sido como una mancha sucia en su piel, sus intentos de besarla la aterrorizaban completamente. Alto y fuerte, la mantuvo aprisionada, negándose a dejarla ir. La piel de Eliza se llenó de escalofríos al recordar la forma en que él había tratado de tocarla, como si ella fuese a ceder. ¿Qué le habría pasado si Christopher no hubiera llegado?

Las lágrimas brotaron de sus ojos, cayendo sobre sus mejillas y algunas sobre su mano. Una gota cayó en los dedos a Christopher, y ella la frotó de inmediato.

—No llores —dijo, con dolor, mientras sus ojos se abrían un poco—. No llores, Eliza. Estaré aquí contigo.

Eliza no pudo decir nada, llorando un poco más mientras sus palabras llegaban a sus oídos. Había estado tan empeñada en cuidar a Christopher que no había pensado en lo que le había pasado. Y ahora que lo había pensado, las compuertas de sus pensamientos se habían abierto y no se podían volver a cerrar.

Christopher reunió todas sus fuerzas y levantó su mano hasta la cara de Eliza, tratando de limpiar la humedad de sus mejillas. Ella había soportado tanto y no podía imaginar por lo que estaba pasando. Él no pudo encontrar ninguna palabra que decir, por lo que trató de mostrarle su simpatía y apoyo a través de su tacto.

Eliza se puso la mano de él sobre su la mejilla, y sus sollozos fueron disminuyendo lentamente. Ella vio como sus ojos se cerraban, mientras respiraba y el sueño se lo llevaba de nuevo.

Alice se detuvo en la entrada, mirándolos a ambos por un momento. Había algo entre ellos dos, y Alice no pudo evitar querer alentarlo.

Capítulo Doce: "En Camino Sola"

Dos días después, y nada había cambiado en el rancho. Los hombres continuaban con sus tareas, Dave continuó trabajando en el rancho y Christopher se recuperó en el interior de la casa. Eliza sabía lo que tenía que hacer. Era hora de llamar al sheriff.

—No puedes —exclamó Christopher, cuando le contó sus intenciones—. Me ha advertido lo que hará si involucras al sheriff.

—¿Qué?

—Va a quemar el lugar hasta los cimientos.

El grito de consternación de Alice se reflejaba en los ojos de Eliza.

—¿Realmente crees que haría eso?

Christopher asintió con la cabeza, haciendo una mueca. —Piensa en lo que ya ha hecho, Eliza. ¡No se detendrá!

Eliza sacudió la cabeza. —Entonces le explicaré al sheriff lo que ha dicho.

Estoy segura de que puede encontrar algo que hacer para ayudar, incluso si tengo que convocar a los hombres para que vengan y vigilen el rancho en todo momento, ¡lo haré! ¡No podemos permitir que Dave continúe!

—No me gusta esto, —dijo Alice, sombríamente—. Ese hombre es un problema.

—¿Cuál es mi alternativa? —Preguntó Eliza, extendiendo las manos—. ¿Seguir viviendo así o hacer algo al respecto? Dave seguirá ignorándome, seguirá dirigiendo el rancho como le plazca. Sé que me arriesgaré a ir a ver al sheriff, pero no tengo otra opción. No por lo que puedo ver.

Christopher abrió la boca para discutir, pero luego la volvió a cerrar. Ella tenía razón. No había nada más que hacer. Tendrían que esperar que el sheriff pudiera ayudarlos. —Voy contigo.

—No, no lo harás. —La cara de Eliza estaba determinada—. ¡No estás lo suficientemente bien!

—¡Estoy bien!

Eliza dio un pisotón, exhalando un aliento de frustración. —¡Christopher! Cojeas por aquí como un viejo y la herida de tu hombro podría abrirse en cualquier momento si vienes conmigo.

—Entonces que vaya Alice.

—No, Alice se quedará contigo. La necesitas más que yo. —Levantó una mano y silenció las quejas de Christopher—. Puedo ensillar un caballo yo misma cuando los hombres se vayan a los pastos. Volveré con el sheriff antes de que vuelvan. Estaré a salvo.

—Bien. —Christopher estaba enojado y frustrado, siendo testigo de la terquedad de Eliza una vez más—. Pero será mejor que te asegures de que Dave no se esconda en el rancho, esperando a que te vayas.

—Tendré cuidado —prometió Eliza, aunque su corazón comenzó a latir más rápido ante la posibilidad de ver a Dave de nuevo.

Como lo había prometido, Eliza observó a los hombres hasta que salieron a través de una grieta en su cortina, donde tan a menudo había visto a Christopher. Dave montó su semental negro, como siempre, riéndose de algo que uno de los otros hombres había dicho. Poco después se fueron cabalgando, y Eliza los siguió con sus ojos todo el tiempo que pudo. Satisfecha de que se hubieran ido, procedió a prepararse rápidamente, queriendo salir lo antes posible.

—¿Estás lista? —preguntó Christopher en voz baja mientras Eliza entraba en la cocina, atando su sombrero bajo la barbilla. El miedo en su corazón se negaba a ser acallado, sintiendo una inexplicable conciencia de que las cosas no eran lo que parecían—. Sigo pensando que no deberías ir sola, Eliza.

—Sé que lo piensas —contestó ella, intentando mantener una sonrisa en su cara—. Pero te preocupas demasiado, Christopher. Estaré a salvo. Vi a los hombres, incluyendo a Dave, irse hace media hora. Se han ido con el ganado, como siempre. Estaré con el sheriff mucho antes de que vuelvan. Lo prometo.

Cuidadosamente se levantó de su asiento, Christopher hizo una mueca mientras su hombro protestaba de dolor. Caminando hacia ella, se limpió la agonía de su cara. —Por favor, déjame ir contigo, Eliza.

La expresión de sus ojos se tornó más calurosa mientras le sonreía suavemente, pasando una mano por su áspera mejilla. —Ya has hecho suficiente, Christopher —susurró ella, mientras sus ojos se encendían cuando él le cogía la mano y se la besaba—. ¡Salvarme de Dave te ha hecho pasar un infierno! No puedo pedirte más.

El recuerdo de su tiempo juntos en el granero llenó su mente al acercarse aún más a ella. No habían hablado de ello desde entonces, dado que Alice casi siempre estaba cerca, pero estaba encantada de ver que él tampoco lo había olvidado.

—No puedo arriesgarme a perderte, Eliza —contestó con voz ronca—. Después de lo que hizo Dave, ahora me doy cuenta de que…

Ella no le dejó decirlo. No pudo porque entonces no tendría más remedio que dejar que él la acompañara, que subiera a la carreta y que se hiciera más daño viajando al pueblo innecesariamente. Así que, en vez de eso, ella lo besó, tomándolos a ambos un poco por sorpresa.

Para su gran alivio, él respondió de inmediato, deslizando sus manos alrededor de su cintura y tirando de ella con fuerza hacia él. Sus manos estaban sobre su pecho, moviéndose hacia arriba y por encima de sus hombros hasta que sus dedos se retorcieron en su pelo. Fue sólo cuando oyeron los pasos de Alice en las escaleras que, a regañadientes, se separaron.

—Prometo que retomaré esta conversación cuando llegue a casa —prometió Eliza, con los brazos aún enlazados contra él—. Tengo mucho más que decir.

—Tal vez me dejes terminar de hablar la próxima vez —bromeó, volviendo a coger sus labios para darle un beso más, antes de dar un paso atrás y dejarla ir.

—Te prometo que lo haré —dijo ella, con una mirada traviesa en su cara. Sus ojos no lo abandonaron hasta que ella salió de la casa, cerrando la puerta con un golpe.

—Por favor, ten cuidado —susurró Christopher, con miedo en su corazón.

Capítulo Trece: "Debí Haber Escuchado"

Eliza no pudo evitar sentirse despreocupada al montar su caballo a todo galope. Siempre había sido buena jinete, a pesar de que había sido controversial su negativa a aprender a montar en la silla lateral. Ahora, con la falda un poco enganchada, cabalgó a horcajadas y vió el pueblo en la distancia.

—Se preocupaba sin razón —murmuró Eliza al viento, contenta de que Christopher se hubiera quedado en casa. No tenía punto, no había ningún peligro del que hablar y ciertamente ningún Dave del que preocuparse. Cabalgando hacia la plaza del pueblo, miró a su alrededor para ver la oficina del sheriff, y la vio casi de inmediato. Montando sobre su caballo, se sorprendió al escuchar un rápido trote detrás de ella, se giró en la silla de montar para ver a quién se estaba acercando.

Era Dave.

La mirada en su cara reflejaba ira y veneno en su dirección. Sin ningún otro lugar a donde ir, Eliza metió los talones en los costados de su caballo, pero Dave fue demasiado rápido. Agarrando la brida, él agitó la cabeza mientras Eliza luchaba por controlar su nerviosa montura.

—¿Vas a algún lado? —le dijo perezosamente.

Ignorándolo por completo, Eliza se bajó de la silla, hasta escuchar el silencioso sonido de un arma que estaba apuntaba entre sus orejas.

—Yo me quedaría donde estás, si fuera tú —murmuró Dave, desde un rincón de su boca.

—No te atreverías a dispararme en el centro del pueblo —murmuró, aunque sólo había unos pocos habitantes del pueblo alrededor—. ¡Te colgarán!

Sonrió y sus ojos estaban oscuros oscuros. —¿Qué no me atrevería? ¿O sería capaz de correr tan rápido y tan lejos que nadie me atraparía? y los pobres Alice y Christopher se verían obligados a abandonar el rancho.

—Entonces no tendrás el rancho —contestó Eliza, defensivamente, con la esperanza de que no pudiera oír el frenético latido de su corazón.

Se inclinó, sus ojos se encontraron con los de ella —Pero tú tampoco. Como yo lo veo, eres la que más tiene que perder— se sentó de nuevo sobre su caballo—. Yo puedo empezar de nuevo, usar un nuevo nombre. Nunca me encontrarían. ¿Estás dispuesta a correr ese riesgo?

Eliza levantó la barbilla. —Entonces, ¿qué quieres de mí, Dave?

—Te diré lo que quiero —contestó con una sonrisa—. Quiero que vayamos a ver al pastor. Enseguida.

Eliza soltó una risa burlona. —No hay forma de que vaya a la iglesia contigo. No me tendrás de esposa, Dave.

—Entonces supongo que tendré que sacar al pobre Christopher de su miseria —respondió con una sonrisa en su boca.

Al oír sus palabras, Eliza sintió que se le enfriaba todo el cuerpo. —¿Qué quieres decir?

Se encogió de hombros. —Si no te casas conmigo, le pondré una pistola en la cabeza a Christopher.

Entrecerrando los ojos, Eliza intentó mirarlo fijamente. —No te atreverías. —¿Qué no me atrevería?

Eliza se detuvo a pensar. El temor de que Christopher sufriera algún daño la aterrorizó, pero se mantuvo firme. ¡Dave no le dispararía en medio del pueblo, a pesar de su bravuconería! Al ver el brillo en sus ojos, ella respiró y pateó su caballo tan fuerte como pudo. El animal se levantó casi de inmediato, cuando la mano de Dave se apartó de la brida. Espoleando al animal, cabalgó rápido por el centro del pueblo, ignorando los gritos de aquellos que tenían que salir de su camino.

Dave no se iba a quedar de esa manera. Casi al instante estaba detrás de ella, su caballo daba grandes pasos sobre el polvoriento suelo. Sus gritos de rabia sólo empujaban a Eliza, mientras que ella se inclinaba sobre su caballo, susurrando palabras de aliento a su oído. Pronto salieron de la ciudad, y se acercaron a las polvorientas llanuras sin saber adónde dirigirse.

Un repentino y agudo dolor golpeó a Eliza con toda su fuerza, casi tirándola de la silla de montar. Lo siguiente que supo fue que Dave había agarrado la brida de su caballo una vez más, deteniendo al animal y casi tirándola al suelo. Una pistola brillaba en su cintura, cuando Eliza se dio cuenta de que le habían disparado. «*¿Estoy muriendo?* »

No había tiempo para pensar, ni para preocuparse.

Consciente de que esta podría ser una lucha a muerte, Eliza utilizó lo único que tenía a su disposición: la sorpresa.

Ignorando el dolor que estaba atravesando todo su cuerpo, Eliza se inclinó y le arrancó el arma de la cintura a Dave, sus ojos estaban llenos de sorpresa cuando se dio cuenta de lo que estaba pasando. El frío cañón en su mano le daba un poco de seguridad, aunque si realmente podía o no apretar el gatillo era un asunto totalmente diferente.

Dave soltó el caballo de inmediato, con las dos manos en alto. La sonrisa en su cara fue lo que hizo que ella se detuviera, sin embargo, él le hizo saber que no todo era lo que parecía. —Será mejor que tengas cuidado con eso, jovencita. ¡Asegúrate de que no estás apuntando en la dirección equivocada!

La mirada de Eliza nunca vaciló. —Mi papá me enseñó a disparar si eso es lo que estás preguntando —respondió ella, contenta de que su voz no tembló—. No creas que no la usaré.

—Estás sangrando —dijo, tratando una vez más de hacerla perder la concentración—. Esa herida en tu cuello se ve muy mal.

—Es sólo un rasguño. «*Con que eso es lo que hace que me duela tanto la cabeza.*»

Dave sonrió, con los ojos medio abiertos mientras se acomodaba el sombrero para verla mejor. —Mira, esto es lo que no quería que pasara. ¡No hay necesidad para la violencia!

—¡Tú me disparaste! —exclamó, enfadada— ¡Tú eres el que intenta poner tus manos en *mi* rancho, y poner tus manos sobre mí!

Él estiró las manos. —¡A veces tienes que hacer lo que tienes que hacer!

—Tienes razón —contestó Eliza, tratando de mantener la calma a pesar del

dolor que ahora le subía a la cabeza—, a veces tienes que luchar para conseguir lo que quieres. Esto es lo que haré. Ya no estás contratado, ya no trabajas en mi rancho. Ya te lo he dicho. Esta es la segunda vez, creo. Has intentado coaccionarme y ahora me has herido. No hay razón por la que no pueda dispararte y alegar defensa propia —El leve parpadeo de duda en sus ojos le dio valor, así que apretó la pistola un poco más fuerte—. Pero, a diferencia de ti, no estoy dispuesta a recurrir a la violencia. Tienes una opción, Dave. Súbete a ese caballo y vete de aquí, o quédate aquí y cava tu propia tumba en la tierra.

La expresión de Dave se volvió fría, sus ojos férreos y su boca dura. —No creo que me guste mucho ninguna de esas dos opciones —murmuró, inclinando la cabeza hacia abajo. Sin previo aviso, sacó una segunda pistola de su cintura, una que ella no había visto y, completamente por instinto, Eliza disparó.

Capítulo Catorce: "Algo Anda Mal"

Dave la miró fijamente durante un largo momento, su propia pistola humeaba en su mano, antes de caer lentamente de rodillas. La sangre brotó de un agujero en su pecho, el disparo de Eliza encontró su hogar justo en su corazón. Ella estaba a salvo pero se quedó allí, horrorizada, mientras él se desplomaba hacia adelante. Un color rojo manchó el suelo donde yacía, la pistola cayó de su mano y permaneció en el suelo.

Eliza estaba temblando, era incapaz de apartar sus ojos de él. Aunque su padre le había enseñado a disparar, nunca había cometido ningún asesinato, y nunca había soñado en quitarle la vida a otra persona. Él estaba tan quieto, tan callado. El viento se escuchaba a través de la llanura, moviendo mechones de pelo hacia su cara.

Fue entonces cuando Eliza se dio cuenta de que ella también había sido herida. El dolor que había sido tan intenso hace unos momentos se había desvanecido repentinamente hasta convertirse en una palpitación silenciosa, pero había sangre en su cuello y pecho que solo podía ser una cosa. Al levantar la mano, sintió una herida en la piel, justo encima de la clavícula. Él se las había arreglado para dispararle dos veces. La primera había sido un rasguño en el cuello, la segunda había dejado una herida en su piel, casi en el mismo lugar que la primera. Quizás su clavícula estaba rota. Comenzaron a aparecer estrellas en su visión mientras luchaba por permanecer de pie. Tropezaba caminando hacia su caballo y consiguió aferrarse a su silla de montar antes de que, finalmente, la oscuridad se la llevara. Su cabeza golpeó el suelo, el caballo la miró durante un momento antes de alejarse en busca de una hierba más verde.

—Algo está pasando.

—¡Has estado diciendo eso desde que se fue! —Alice contestó, retorciendo sus manos en su regazo.

Christopher agitó la cabeza. —Lo sé, pero eso no significa que no tenga la razón. ¡Han pasado horas!

—Lo sé —susurró Alice, con su rostro tenso—, ¿Qué debemos hacer?

El sonido de las pezuñas de los caballos y los gritos y llamadas de los obreros del rancho que regresaban hicieron que el ceño fruncido de Christopher se hiciera más profundo. —Han vuelto —Se puso de pie, se dirigió a la ventana y miró hacia afuera—. No puedo ver a Dave.

—¿Qué?

Alice se puso a su lado en un momento. —¿Qué quieres decir con que no puedes verlo?

—Él no está allí —el terror se apoderó de su corazón.

Entonces, ¿dónde está? —Susurró Alice, mientras agarra el brazo de él— Christopher, ¿crees que la tiene?

No respondió, pero le entró un escalofrío. Si Dave hubiera alcanzado a Eliza, no había forma de saber lo que haría.

—¡Christopher! —los ojos de Alice estaban abiertos de par en par y mirándolo fijamente— ¿Qué podemos hacer? ¡Tenemos que encontrarla!

—Iré al pueblo.

—¡No puedes! Tu brazo...

—Sí puedo, Alice.

Tengo que hacerlo.

—Debería

acompañarte.

Agitó la cabeza. —Sé cuánto quieres cuidar a Eliza, pero yo puedo ir más rápido por mi cuenta.

El labio inferior de Alice temblaba, pero ella asintió con la cabeza, respirando y acomodando su cara. —Prepararé la cena, ¿de acuerdo? Necesitará algo casero después de estar fuera por tanto tiempo.

—Suena como una buena idea —contestó Christopher, tratando de sonreír—. Asegúrate de cerrar la puerta con llave.

—Lo haré. Al verlo salir por la puerta principal, Alice comenzó a orar más fuerte de lo que había hecho en toda su vida.

—Dame tu caballo, Frank.

La mueca fue instantánea. —¡Bueno, mira quién está aquí! Oí que Dave te enseñó una lección.

Christopher respiró con impaciencia. —No tengo tiempo para esto. Dame tu caballo.

—No pienses que voy a hacer eso —contestó Frank, paseando directamente frente a su montura ensillada—. A Dave no le gustaría.

—Dave no está aquí.

—¡No quiere decir que no se va a enterar! —Dijo rápidamente Frank, intentando cubrir su miedo con un resoplido— Además, todos sabemos que estás tratando de sacarlo del trabajo y del rancho.

—¿De verdad? —Dijo Christopher, con voz baja—. Bueno, ¿quieres saber cómo son las cosas realmente, Frank? Bien, déjame explicártelo. Dave, el hombre al que admiras tanto, intentó salirse con la suya con la Srta. Eliza. Cuando lo detuve, me hizo esto, por meterme —Señaló a sus moretones que se desvanecían, atrapando la duda en los ojos de Frank—. ¡Ahora él ha desaparecido y también la Srta. Eliza! Espero que no le haya hecho daño, porque el sheriff tiene una solución bastante directa, de ser así. Él será colgado, supongo, y mandará a la cárcel a cualquiera que lo haya estado ayudando.

Los segundos pasaron y Christopher mantuvo la mirada de Frank. La amenaza de la prisión era real, ahora que Christopher había expuesto exactamente lo que había hecho Dave, pero el temor de lo que Dave podría hacerle a Frank si ayudaba a Christopher seguía prevaleciendo.

—¿Por qué no me das tu caballo, Frank? —preguntó Christopher, en voz baja—. Al menos entonces podré decirle al sheriff que me ayudaste, en vez de bloquear mis intentos de encontrar a la Srta. Eliza.

Frank no dijo nada. En respuesta se quitó el sombrero y se fue del granero, dejando a Christopher y al caballo ensillado solos.

—Supongo que me llevaré el caballo —murmuró Christopher, subiéndose a la silla de montar e ignorando por completo el dolor en el hombro. Cabalgando fuera del granero, Christopher se dirigió directamente al pueblo y hacia el sheriff. Si tenía alguna esperanza de encontrar a Eliza y a Dave, necesitarían tantos hombres como fuera posible.

—¿Por qué no me dijiste esto antes?

Christopher agitó la cabeza —No era mi decisión. Eliza dirige el rancho y quería darle a Dave la oportunidad de irse por su cuenta.

El sheriff se sacó el sombrero, llamó a su ayudante y se dirigió hacia la puerta principal —parece que no está dispuesto a hacer lo que ella le pidió,

murmuró—. Volteando hacia su ayudante, un hombre joven y de cara fresca, le preguntó si había visto a Dave o a una mujer joven salir de la ciudad.

—Oh, ¿te refieres a aquellos de los que la gente se ha estado quejando? —preguntó el hombre, mirando a Christopher— ¡Cabalgaron por el pueblo como si el fuego les pisara los talones! ¡Casi tiran a la Sra. Draper! Escuché muchas quejas sobre eso, pero no sabía quiénes eran, así que lo único que podía hacer era escribirlo.

El corazón de Christopher se llenó de pavor. Si Dave había estado persiguiendo a Eliza, entonces la preocupación en su corazón sólo seguiría creciendo. Ahora, la amenaza era real, todo estaba cobrando vida al mismo tiempo. ¿Dónde estaba ella? ¿Qué había hecho con ella?

—¿Alguien vio por dónde se fueron? —Preguntó bruscamente el sheriff—. Hacia allá —contestó el ayudante del sheriff, señalando a su derecha—,
según sé salieron del pueblo. No se les ha visto desde entonces.

—Prepárense —respondió el sheriff, mientras Christopher y el ayudante del sheriff se acercaban a sus caballos—. Nos iremos de la ciudad y veremos si podemos encontrar a la Srta. Eliza. Si Dave la tiene, tendrá lo que se merece.
«*Mientras no lleguemos demasiado tarde…*» pensó Christopher para sí mismo, sentía un dolor en su corazón por la idea de no volver a ver a Eliza.

Capítulo Quince: "No Me Dejes."

Eliza gimió, presionando una mano contra su cabeza. El dolor se disparó por todo su cuerpo y estar bajo el sol caliente tampoco le había servido de mucho. Levantándose, Eliza miró a su alrededor, vio el cuerpo de Dave tendido en la tierra y rápidamente vomitó. Con el pelo en su cara, Eliza intentó llevarlo hacia atrás con una mano temblorosa, mientras trataba de encontrar su caballo. Al verlo a unos pocos metros de distancia, lo llamó, pero su voz era solo un suspiro. Ella no podía levantarse, sus piernas estaban demasiado débiles para sostenerla. No podía hacer nada más que arrastrarse, medio gateando, hasta donde el caballo estaba ocupado masticando un poco de hierba.

El dolor explotó en su cabeza mientras intentaba alcanzar las riendas que colgaban sueltas a un lado de la cabeza del caballo, cerrando los dedos alrededor de la correa. Si su montura intentaba alejarse, Eliza no estaba segura de tener la fuerza suficiente para detenerla. Mirando hacia arriba, intentó averiguar cómo podría subirse a la silla de montar, consciente de que ni siquiera era capaz de conseguir que sus piernas cooperaran en ese momento.

El caballo, que en su mayor parte había sido muy poco cooperativo, de repente se dio cuenta de que la mujer tiraba de sus riendas y la reconoció con su nariz aterciopelada. Para gran sorpresa de Eliza, el caballo se acostó junto a ella, sosteniéndola con su peso corporal. Casi llorando de alivio, Eliza se arrastró por el suelo junto a ella, llegando a la silla de montar y consiguiendo rodar sobre ella con las riendas enroscadas sobre su brazo y aferrada a la melena de la bestia; Eliza se inclinó sobre su cuello mientras se levantaba, no tenía suficiente fuerza para sentarse erguida. La sangre aún brotaba de las dos heridas en su hombro y cuello, y su vestido estaba humedecido con sangre fresca. Consiguiendo girar la nariz del caballo hacia el pueblo, Eliza le dio una palmadita en el cuello, esperando que fuera suficiente para que comenzara el viaje de regreso al pueblo. Para su gran alivio, el animal comenzó a moverse, y Eliza se permitió descansar sobre la melena del caballo, esperando no resbalar y caer de la silla.

Christopher estaba cada vez más desesperado. Después de interrogar a unos cuantos pobladores, el sheriff había dirigido a los tres en la dirección que los pobladores les habían dado, pero aún no habían visto ninguna señal de ella. ¿Dave la había estado persiguiendo? Peor aún, ¿se las había arreglado para atacarla o incluso para matarla? Si lo había hecho, entonces Christopher estaba seguro de que no volverían a ver al hombre. No se quedaría ahí sabiendo que se enfrentaría a la ejecución por un crimen así. «*No debí dejarla ir sola*», se regañó

a sí mismo, bajando la mirada al polvoriento suelo. *Debería haber insistido en venir con ella. Entonces nada de esto habría pasado.*

Un repentino grito del ayudante del sheriff hizo que sus ojos escudriñaran el horizonte.

—¡Allí! —gritó de nuevo el ayudante del sheriff, viendo algo a lo lejos— ¿hay algo ahí?

Christopher no esperó a averiguarlo, espoleando su caballo a un galope casi inmediato. «*Por favor, que sea Eliza*», rezó, mientras devoraba la tierra con su galope. «*Por favor. Por favor, que sea Eliza.*»

—¡Es ella! —gritó, bajándose de su caballo y corriendo hacia ella. Estaba colgando contra el costado de su caballo, prácticamente cayéndose de la silla de montar. Sus ojos estaban cerrados, su piel pálida con un brillo de sudor— ¡Está herida!

Suavemente, Christopher y el sheriff bajaron a Eliza de la silla de montar, mientras Christopher ignoraba completamente el dolor en su hombro donde Dave lo había apuñalado. Los ojos de Eliza permanecieron cerrados, mientras él le quitaba el cabello de la frente.

—Le han disparado —murmuró el sheriff, viendo las marcas—. Perdió mucha sangre, diría yo.

—Necesito llevarla de vuelta a casa —dijo Christopher, ansiosamente—. Alice nos estará esperando. Ella sabe qué hacer.

—¿La esposa del difunto doctor? —Al ver a Christopher asentir con la cabeza, se puso de pie y llamó a su ayudante—. Súbete a tu caballo, Christopher, y luego la levantaremos para colocarla frente a ti. Es la forma más fácil y rápida de volver.

—¿Qué vas a hacer? —preguntó Christopher, subiéndose de nuevo a la silla de montar.

—Investigar un poco más —comentó el sheriff seriamente—. Ese hombre le disparó a la Srta. Eliza y no se le ve por ningún lado. Saldremos un poco más a ver si encontramos alguna señal de él. Sólo concéntrate en llevar a la Srta. Eliza a casa y que se recupere.

—Te avisaré cuando se despierte —contestó Christopher, sosteniendo el cuerpo de Eliza contra él, asegurándose de que su cabeza descansara firmemente sobre su hombro—, Supongo que querrás hablar con ella.

—Claro que sí. —Al despedirse, Christopher no pudo evitar captar la mirada oscura del sheriff mientras se subía a su caballo. Volviendo la nariz de su caballo en dirección a su casa, Christopher regresó al pueblo, esperando que Eliza se despertara antes de que ellos regresaran.

Su cara estaba presionada contra algo duro pero suave. Frotando su mejilla contra ello, trató de abrir los ojos, sólo para escuchar la voz tranquilizadora de Christopher.

—No intentes levantarte ahora, Eliza. Estamos volviendo al rancho,

¿me oyes? Alice te curará enseguida, te lo prometo.

—¿Christopher? —susurró ella, dándose cuenta de que estaba a caballo y que él tenía su brazo alrededor de su cintura.

—Sí, estoy aquí —murmuró, dándole un suave beso en la sien—. Ahora estás a salvo, Eliza. Vamos a volver a casa. Dave no te volverá a molestar.

—Dave está...

—Silencio —respiró, consciente del esfuerzo que hacia al hablar—. Ya has pasado por bastante. El sheriff y su ayudante ya lo están buscando. Lo encontrarán, no te preocupes. Sólo descansa aquí hasta que lleguemos a casa —El alivio de ver que ella, no sólo estaba despierta, sino que trataba de hablar, le envió un torrente de felicidad, a pesar de la roja sangre que manchaba su piel—. Lo superaremos juntos —susurró, viendo sus ojos parpadeando—. Te amo, Eliza. No vuelvas a dejarme nunca más.

Capítulo Dieciséis: "A Salvo al Fin"

Alice estaba casi frenética por los nervios cuando Christopher trajo a Eliza dentro. Sus manos temblaban mientras ayudaba a Christopher a recostar a Eliza en la cama, moviendo el cabello de Eliza lejos de su frente.

—Está muy malherida —murmuró Christopher, desde el rabillo de su boca—, Parece que fueron dos balas.

—¿Balas? —Alice jadeó, sus ojos se abrieron de par en par mientras miraba a Christopher— ¿Quieres decir...?

—Dave, sí.

—Oh, Dios mío —susurró Alice, balanceándose un poco— ¡Pudo haberla matado! ¿Dónde está él?

—No lo sé —contestó Christopher, agarrando su hombro para calmarla—, Pero el sheriff está siguiendo su rastro. No te preocupes por él. ¿Vas a poder cuidar de Eliza?

Viendo los ojos de Eliza parpadear, Alice asintió. Estuvo tan preocupada por los dos, que no tenía otra cosa que hacer que sentarse y esperar. Cuando vio a Christopher con Eliza en brazos, el alivio le debilitó las rodillas, junto con una ardiente ráfaga de miedo. Incluso ahora, Eliza se veía increíblemente pálida, aunque el hecho de que estuviera tratando de despertarse era, ciertamente, una buena señal.

—Bien —contestó Christopher, apretando la mano de Alice—, ¿Qué necesitas?

Alice nombró, rápidamente, una lista de cosas; sus ojos se fijaron en la sangre que manchaba su camisa. —Y una aguja e hilo. Parece que se te han abierto los puntos.

Le hizo una sonrisa irónica. —Sí, se abrieron. Pero valió la pena.

—Por supuesto —contestó ella, sus ojos suavizándose mientras miraba a Eliza—. Será mejor que intente hacer que se despierte — Al escuchar sus pasos alejarse por las escaleras, Alice se acercó a las heridas de Eliza, mirándola más de cerca. Una bala pareció haber rasgado un borde del hombro de Eliza, con la posibilidad de haber roto el hueso. Encima de eso, había un gran rasguño en el costado de su cuello. Ambos parecían increíblemente dolorosos, y Alice estaba consciente de que Eliza habría sangrado durante algún tiempo por ambas heridas. «*Pobre chica*», pensó, sacudiendo la cabeza. «*No te merecías nada de esto.* »

pasó?

Eliza se despertó poco después, con los ojos apretados por el dolor. —¿Qué

Alice estuvo a su lado en un instante. —Estás en casa, Eliza. A salvo.

—Alice te limpió muy bien —interrumpió Christopher, caminando hacia el otro lado de la cama y tomando su mano—. Aunque vas a tener que descansar, Eliza. Creo que perdiste mucha sangre.

—¿De verdad? —Logró abrir los ojos, Eliza miró a Alice, quien asintió de acuerdo.

—Menos mal que te encontraron —dijo ella, suavemente— ¡Aunque debes tener una fuerza y determinación increíble para subirte a ese caballo!

Eliza recordó todo a la vez: A Dave, el arma, los disparos. —Él.... está muerto —susurró ella, mirando a Christopher—, Dave...

Christopher asintió con la cabeza. —Está bien, Eliza. El sheriff está aquí, quiere hablar contigo sobre lo que pasó. Encontraron el cuerpo de Dave con una bala en el corazón. ¿Fuiste tú?

Cerrando los ojos, Eliza asintió con la cabeza, sintiendo que las lágrimas calientes le picaban los ojos.

—¿Puedes hablar con el sheriff? —Preguntó Alice, suavemente—. Será mejor que todo esto salga a la luz lo antes posible.

Eliza asintió con la cabeza, escuchando los pasos de Alice y luego regresó con otro par detrás de ella.

—¿Cómo se siente, Srta. Eliza?

El sheriff se acercó. Era un hombre grande y fornido, pero con ojos gentiles y una sonrisa amable. —Voy a estar bien, gracias. Gracias por encontrarme.

—¡No me agradezca! —contestó el sheriff, sentado en una silla— Puede agradecerle a ese hombre de allí. Él es el que vino a decirnos que estaba desaparecida. Debería haberme hablado de sus problemas con Dave hace mucho tiempo, Srta. Eliza, si no le molesta que se lo diga.

—Ahora lo sé —dijo Eliza, débilmente—, pensé que se iría si lo amenazaba con frecuencia.

Christopher, sentado en el lado opuesto de ella, apretó suavemente su mano. —Ahora no es el momento de arrepentirse —dijo con calma—, sólo dile al sheriff lo que pasó.

Eliza comenzó su historia, con lo que Dave le había hecho a ella y como Christopher había sido herido por ello.

—Así que no tuve más remedio que dispararle —dijo ella, con lágrimas en los ojos—, iba a matarme.

El sheriff asintió, rascándose la barbilla. —¿Dónde aprendiste a disparar?

—Mi papá me enseñó —explicó Eliza—. Aunque nunca le había disparado a nada vivo antes. Él está... —Tragó con fuerza— ¿Realmente muerto?

—Como una piedra —contestó bruscamente el sheriff—. Me parece que esto fue en defensa propia. No hay nada más que hacer. Tus heridas están ahí para probarlo.

—¿Así que no se presentarán cargos? —preguntó Christopher, tomando la mano de Eliza entre las suyas.

El sheriff sacudió la cabeza —No, absolutamente no. La Srta. Eliza, no tiene nada de qué preocuparse, excepto de cómo va a mantener este rancho sin él.

El alivio obstruyó la garganta de Eliza por un momento y su cuerpo quedó completamente inerte contra las almohadas —Tengo a Christopher para eso.

Sus ojos centellearon hacia ella —Me alegra oírlo —contestó el sheriff, sacudiéndose el sombrero—. Espero que se levante muy pronto.

—Gracias —Viendo a Alice guiar al sheriff hacia afuera, Eliza se recostó fuertemente contra las suaves almohadas, sus ojos ya estaban cerrados—. Gracias por venir a buscarme, Christopher. Te quedarás, ¿verdad? para ayudarme con el rancho?

—Por supuesto que sí —contestó, inclinándose hacia delante para besarle la frente—. Me quedaré para siempre si quieres.

Sus ojos se abrieron de golpe. —¿Lo dices en serio?

—Lo digo en serio —Sus ojos eran serios—. Quiero estar contigo para siempre, Eliza. Espero que sientas lo mismo.

La sonrisa en sus labios era tranquila y hermosa al mismo tiempo —Sí, Christopher. Aunque quiero una propuesta adecuada cuando esté mejor.

—Y te prometo que la tendrás —Besándola muy suavemente, se sentó en su silla, sin soltar ni una sola vez su mano—. Descansa un poco, Eliza. Estaré aquí cuando despiertes.

Capítulo Diecisiete: "Es Mi Rancho"

Para su frustración, a Eliza le tomó unos días recuperar sus fuerzas. Quería estar despierta, pero su cuerpo se negaba a cooperar, aunque Christopher estaba a su lado la mayor parte del tiempo.

—Quiero levantarme hoy —se quejó, mientras Christopher le quitaba el pelo de la frente—. Estoy lista.

—Sólo si Alice lo dice —sonrió, soltando un beso en sus labios en un intento de hacerla sonreír.

—Y Alice lo confirma —Alice se rio, entrando al dormitorio—, aunque nada que te haga esforzarte demasiado, ¿de acuerdo? Sólo hasta la cocina.

Eliza le sonrió —¡Gracias!

—Te ayudaré a vestirte —dijo Alice, mirando de reojo a Christopher, quien entendió el mensaje y se fue de la habitación inmediatamente.

Unos minutos más tarde, Eliza estaba caminando por las escaleras hacia la cocina, aunque un poco inestable. —¡Se siente tan bien al estar fuera de esa cama!

—Me alegra verte de pie —contestó Christopher, poniendo una taza de té caliente sobre la mesa para ella—. ¿Cómo te sientes?

—Hambrienta —sonrió Eliza, sentándose y calentándose las manos con la taza de té. Ella le dio una mirada amorosa—. Gracias por el té.

Su sonrisa fue instantánea. —No es nada.

Alice entró, lista para comenzar a preparar el desayuno de los tres. —¡Ahora tómese las cosas con calma, señorita! Sé que estás lista para volver a salir al rancho y estar en el medio de las cosas, pero debes tomarlo con calma.

Frunciendo el ceño, Eliza miró a Christopher, viendo el brillo de preocupación en sus ojos. —¿Qué está pasando en el rancho? — Mientras ella y Christopher pasaron el tiempo hablando, no discutieron sobre el rancho, excepto cuando Eliza le había dado a Christopher la responsabilidad total de la supervisión. No iba a haber ninguna contratación de otro administrador, Christopher sería el único. Él estaba agradecido, por supuesto, pero no había dicho mucho más.

Se sentó frente a ella, escogiendo sus palabras con cuidado. —Los hombres escucharon que Dave recibió un disparo.

—Quieres decir, que yo lo maté.

Se encogió de hombros. —Algo así. Un par de ellos se sienten aliviados, pero el resto están amotinados. El alguacil envió a un par de hombres hace unos días para asegurarse de que todo estuviera tranquilo hasta que decidiera qué hacer.

—¿Qué tengo que decidir?

Alice miró por encima del hombro, con el rostro rosado por el calor de la estufa. —Los hombres no son felices, Eliza. O bien tendrás que ofrecerles más dinero para quedarse, o tendrás que dejarlos ir.

Los ojos de Eliza se agrandaron. —Pero si los dejo ir, entonces, ¿cómo administraré el rancho?

—Es por eso que esperamos a que estuvieras mejor para que tomaras la decisión por ti misma —Christopher le explicó—. Si no fuera por los hombres del alguacil, tendrías a los obreros en la puerta de tu casa, exigiendo una mejor paga.

—¡Pero ya les pagamos bien! —exclamó Eliza— Mi padre fue muy bueno al asegurarse de que tuvieran una cama para dormir, comida para comer y salarios dignos. ¡No he cambiado nada de eso!

—En cualquier caso, muchos de ellos admiraban a Dave, casi lo adoraban. No pueden ver sus faltas, solo están enojados por lo que le sucedió.

—Lo que él mismo provocó —intervino Alice, revolviendo la olla.

—Exactamente, pero ellos no lo verán de esa manera. Así que, sin él, no están contentos.

Pensando seriamente por un minuto, las cejas de Eliza se unieron. —Pero si les doy lo que quieren ahora, ¿qué evitará que me demanden más y más, bajo la amenaza de que si se van no podré mantener el rancho sin ellos?

Christopher asintió. —Estás en lo correcto ahí, Eliza. No hay nada que los detenga. Esa tiene que ser la elección que tomes.

Tomando aliento, Eliza lo miró fijamente. —Conoces el rancho mejor que nadie, Christopher. Si no les doy lo que quieren y eligen irse, ¿podremos manejar el rancho solos? —Ella vio que sus labios se apretaban con el ceño fruncido. Ella sabía la respuesta.

—Podríamos mantenerlo durante unos días, tal vez una semana —respondió Christopher con sinceridad—, pero francamente, necesitarás ayuda, Eliza. Estaremos cansados de hacerlo todo nosotros.

—¿No podrías hacer publicidad para conseguir más trabajadores? —Preguntó Alice—. ¿Poner un anuncio hoy?

—Podría —reflexionó Eliza—. Podría ser una buena idea tener algo así tan pronto como sea posible. De esa manera, cuando los hombres se vayan, ya tengo un plan en marcha.

—¿Estás pensando en rechazar sus peticiones?

Eliza extendió las manos. —¿Qué puedo hacer, Christopher? No quiero personas que fueron leales a Dave en mi rancho. Tuve suficientes problemas con él. O se quedan aquí y trabajan para mí con la buena paga y las condiciones que siempre han tenido, o buscan otro trabajo en otro lugar. No volveré a ser intimidada. No después de todo lo que sucedió —Mirándolo a los ojos, vio que la comprendía de inmediato, el alivio de que él no pensaba que ella estaba tomando la decisión equivocada la inundó—. ¿Crees que habrá alguien que se quede con nosotros?

Su mente fue pasando a través de los obreros uno a la vez, recordando que había dos o tres que se encogían cada vez que pasaba Dave. —Podrías contar con un par como mucho, Eliza. A Dave le gustaba amenazar a la gente, pero la mayoría de los obreros hacían lo que pedía porque sabían que siempre obtenía lo que quería. No siempre hubo la necesidad de amenazas. Ahora que se ha ido, hay dos o tres hombres en los que puedo pensar que se alegrarán de su … ausencia, pero eso es todo.

—Eso es mejor que nada —suspiró Eliza, sacudiendo la cabeza— . ¿Cuándo crees que debería hablar con ellos?

—Tan pronto como puedas —Respondió Christopher.

—Pero después del desayuno —intervino Alice, dándole un tazón de papilla. Vas a necesitar de tu fuerza, Eliza. ¡Debes comer ya!

Capítulo Dieciocho: "¿Me Quieres?"

Eliza sabía que tenía que presentar una posición fuerte ante los hombres, pero tenía que admitir que no lo habría logrado sin Christopher y Alice de pie junto a ella. Los hombres se habían reunido frente a la cabaña y ella había recogido su falda y su coraje. Y se había acercado a hablar con ellos.

—Como todos ustedes saben —comenzó ella, apretando sus manos en puños detrás de su espalda—. Dave ya… no está con nosotros.

—Y eso es tu culpa —gritó uno de los hombres, sus ojos ardían de furia. Los otros hombres comenzaron a murmurar entre ellos, pero Eliza los cubrió a todos con una mirada fulminante, levantando su voz por encima de los murmullos.

—Dave se lo causó a sí mismo —dijo, levantando la barbilla—. Todos saben lo que les dijo el sheriff —respirando con dificultad, vio que los hombres comenzaban a calmarse—. Dave me amenazó en más de una ocasión, pero yo no lo iba a permitir. ¡Es por eso que no solo hirió a Christopher, sino que trató de matarme! No le gustaba que nadie se interpusiera en su camino, y sé que todos ustedes, a su manera, le tenían miedo.

—¡No teníamos miedo! —se burló otro hombre, inclinando su sombrero para mirarla—. A mí nunca me amenazó.

—¿De verdad? —preguntó Eliza, con su tono de incredulidad. Observó mientras la burla lentamente dejaba la cara del hombre, esperando que él dijera algo en respuesta, pero nunca lo hizo—. Aunque Dave no los haya amenazado a todos, sé que algunos de ustedes, al menos, le tenían miedo. Estoy aquí para decirles que la amenaza se ha ido.

Los susurros comenzaron a desaparecer entre la multitud.

—¿Qué significa eso? —Preguntó un hombre con ojos esperanzados—. ¿Nos quedaremos?

Eliza asintió —Todos son bienvenidos a quedarse aquí. Sin embargo, su trabajo, sus salarios y condiciones seguirán siendo las mismas. El único cambio es que Christopher será el único administrador del rancho. No contrataré a otro.

Sus palabras se encontraron con el silencio.

—Pueden elegir quedarse aquí y trabajar para mí, o pueden irse. No mantendré a nadie que decida que este rancho ya no es el lugar para él.

—¿Así que no vamos a recibir más dinero? — dijo un hombre mayor bruscamente, sus cejas tupidas se juntaron.

—No —Eliza respondió—, nada ha
cambiado aquí.

—Pero Dave dijo que…
Eliza lo interrumpió rápidamente —No me importa lo que dijo Dave o lo que Dave les prometió. Este es mi rancho y lo voy a administrar como yo quiera hacerlo. Si se quedan o se van, es su decisión.

—¡Entonces me voy! —Gritó un hombre, señalando con su dedo huesudo a Eliza—. ¡No estás en condiciones de administrar este rancho! ¡Y tú mataste a Dave!

Eliza respiró, sintiendo a Christopher tomar su mano y apretarla con fuerza.
—No digas nada —murmuró, mirando al frente—, déjalo ir.

Tomando el consejo, Eliza observó cómo se marchaba el hombre sin mirar atrás.

—Si todos nos vamos —el hombre continuó, su cara enrojecida—, ¡entonces tú no podrás administrar el rancho! ¡Eso te enseñará una lección!

Eliza abrió la boca para responder, pero Christopher le apretó la mano con fuerza, por lo que volvió a cerrarla. Alice le tomó la otra mano, en una muestra de solidaridad. Incluso con eso, el corazón de Eliza se hundió cuando vio a un hombre tras otro irse, caminando hacia el barracón hasta que solo quedaron tres.

Tratando de sonreír alegremente, Eliza los miró a cada uno de ellos. —¿Están dispuestos a quedarse?

El mayor asintió, hablando por los tres —Dave nos amenazó. Si ya no está aquí, estaremos encantados de quedarnos y trabajar para usted, señorita Eliza.

—Bien —dijo ella, sonriendo—, gracias.

—Contrataré a más hombres en los próximos días —comentó Christopher, y regresó a su papel de administrador de rancho—, hasta entonces, trabajaremos todos juntos para asegurarnos de que se cuide a los animales.

Los hombres asintieron. —Vamos a comenzar las rondas de la noche.

—Muchas gracias —respondió Christopher—, estaré con ustedes en un momento.

Volteándose hacia Eliza, él tomó sus manos entre las suyas mientras Alice caminaba silenciosamente hacia adentro. —Lo hiciste, Eliza. Estoy muy orgulloso de ti y de todo lo que has logrado.

—Gracias —respondió Eliza, sonriendo tristemente—, aunque perder a la mayoría de mis trabajadores no parece ser un gran logro.

Sacudió la cabeza, con los ojos llenos de esperanza. —No pienses en ellos. ¡Piensa en el hecho de que has recuperado el control! Contrataremos nuevos trabajadores muy pronto y este rancho funcionará mejor que nunca, lo prometo. ¡Por fin vas a saber cómo es ser dueña de un rancho!

—El Rancho Martin —sonrió ella. La tranquilidad de él le quitaba la ansiedad—. Tienes razón. Siento que ahora me pertenece por completo. Nunca había sentido eso antes.

—Se ha necesitado mucho coraje —respondió Christopher, acercándose un poco—. Me has enseñado mucho, Eliza. Nunca volveré a dejarte.

—¿Lo prometes? —Ella sonrió, mirando su hermoso rostro.

—Lo prometo —murmuró, bajando la cabeza—. Sabes cuánto te amo, Eliza.

—Yo también te amo, Christopher —suspiró ella, sus labios casi se tocaban—. ¿Cuándo debo avisar al pastor?

—¿Por la mañana? —Susurró, sus pulgares corrían por sus mejillas—. Me casaré contigo mañana si así lo quieres.

Eliza se rió, su corazón estaba a punto de estallar de la alegría. —Por supuesto que sí —respondió ella, envolviendo sus brazos alrededor de su cuello—. Este es el inicio de un nuevo comienzo.

www.ingramcontent.com/pod-product-compliance
Ingram Content Group UK Ltd.
Pitfield, Milton Keynes, MK11 3LW, UK
UKHW041957190726
13854UKWH00005B/2028

9 789657 775585